與你談場不分離的戀愛

倪小恩——著

推薦序

月影紗

在我心裡，小恩就像璀璨的星子一樣。

她的故事時而深沉、時而幽默，卻都帶著獨特慧黠的眼光，賦予黑夜閃閃發光的指引。

《與你談場永不分離的戀愛》乍看是浪漫的愛情狂想曲！故事初始，自帶超強『卡通光環』的蕭旻言，讓女主歐嘉妮傻眼與白眼齊飛：讓讀者捧腹大笑之後，想瞧瞧這位自戀程度媲美花輪君的男主，追妻路上到底還能岔題樓歪到何種程度？

但最後，身為讀者，衷心希望歐嘉妮打開慧眼，看清楚自己需要的不是尋找可以依靠的男人，而是一個指路的太陽，就像自帶『探照燈』的蕭旻言。

在這個故事中，小恩用極度誇張與寫實交錯，對照出一則追尋真愛的『鐵律』：

你必須先愛自己。

不然，就算上天把真愛直接丟到你面前，你也認不出來！

『每個人都會留戀著美的瞬間，因而小心翼翼的觀望甚至是保護，深怕這樣美麗在下一秒就會消逝。』

蕭旻言不是沒看見歐嘉妮性格的陰暗面，相反的，他比任何人都看得更清楚。甚至連她家庭的殘缺也看在眼裡，卻依舊勇敢迎向心之所向。

而這位男主也並不完美，他自己認為的那些優點，全都讓周圍的人哭笑不得，雷翻天。但屬於他真正的主角光環，卻是在那些故事裡沒有明說的性格特質。評斷一個男人，不要聽他說了什麼，要看他為心愛的女人做了什麼！蕭旻言為歐嘉妮做的，遠比他說出口的話高明太多。我就不破梗，留給各位讀者邊閱讀、邊發掘嘍。

真愛，是一則古老的傳說。

唯有篤定堅信的心，才能一瞥它真正的樣貌。

而小恩的故事，賦予公主與騎士的傳說，全新型態的都會浪漫！

希望你也和我一樣，看完故事時，嘴角掛著微笑，在心裡重燃對真愛的渴望。

勇敢談一場永不分離的戀愛！

推薦序

雨菓

初次接觸到小恩的故事是她二〇一七年POPO華文創作大賞的得獎作品。當時就覺得小恩的文字特別順暢好讀，劇情生動活潑，在閱讀的過程中總是能讓人會心一笑，因此這次有機會為小恩的新書寫推薦序，真的覺得非常開心和榮幸。

《與你談場永不分離的戀愛》整體是個節奏輕快和豐富的故事，有搞笑的醫院日常、逗趣的男追女戲碼、也包含了較為沉重的家庭議題，不論是角色的刻畫或是劇情的發展都安排得宜，絲毫不拖泥帶水。

由於我本身就偏愛醫療的元素，因此蕭旻言的人設從開頭就吸引了我。不過有別於醫生普遍高冷正經的形象，蕭旻言大概是我看過最幽默詼諧、缺乏矜持的醫生了。不論是各種浮誇的內心戲、和同事之間的日常打鬧、以及對嘉妮的好奇和追求，都讓我在閱讀的過程中一邊心想：「你也太誇張了吧！」，但同時嘴角又忍不住默默上揚，覺得他真的是個真實、可愛、一點心機也沒有的大男孩，這樣的人實在太難得了。

蕭旻言在我心中就是每個故事裡不可或缺、總是帶動氣氛的喜劇角色，我想也是因為這樣的勇往直前的個性，他才能夠慢慢打動經歷了家人和前男友的感情勒索而逐漸封閉自己的嘉妮。尤其好幾幕他為嘉妮挺身而出的場景，連我都必須認同：你真的很帥！

除了主角之外，這個故事裡的配角也都非常討喜，各種鬥嘴和互動都戳中我的笑點，不但為故事增添了許多歡樂，也讓我好奇起配角們各自的故事，想要找時間把小恩的相關作也看一遍。

最後，在此恭喜小恩出版新書！除了希望能有更多人認識小恩的文字之外，也期待未來她能繼續創作好看的故事給大家。

目次

推薦序／月影紗 003
推薦序／雨菓 005
第一章 009
第二章 029
第三章 045
第四章 065
第五章 083
第六章 103
第七章 124
第八章 141
第九章 158
第十章 173
第十一章 190
番外篇 208
後記 216

第一章

昏暗的餐廳裡面，一對男女坐在陰暗的角落。

兩人都不說話，逕自的沉浸在自己的思緒中，女人的手晃著酒杯，搖搖晃晃的，她面無表情地盯著酒杯裡面的紅酒，那是趨近墨色的深色酒，宛如她的內心深處，是個無人能走進的深淵。

歐嘉妮曾經為了眼前這位男人開啟那扇心門，然而讓他在裡頭待了多年後，男人最後終究厭倦了她。

「分手吧。」男人說，沉穩的語調不起不伏，一切持平。

歐嘉妮看著他，目光沒有任何的波動，彷彿她早就知道他今日會約她出來就是想提分手了。

也罷，五年了。

彼此也累了，是吧？

沉下臉，她無表情的說：「明明是你跟別的女人上床，怎麼你提分手卻好像是我的錯？」

「我累了，妳也累了吧？」男人不知悔改，堅持己見。

「對，我累了，你說的沒有錯，我覺得好累好累。」歐嘉妮說，情緒此刻開始波動了，她咬著紅唇，從椅子起身，順勢的拿起桌上的紅酒往男人的臉上潑去。

一切的空氣僵住，歐嘉妮說：「去你的。」

放下酒杯，她頭也不回的離開餐廳。

爛人一個，繼續相處下去她自己也會跟著變爛，所以滾開吧！最好就滾遠遠的。

歐嘉妮花了五年的青春歲月在這個男人身上，將近一千八百多天的日子，眾多的回憶片段如龍捲風來襲，無情且用力的襲捲著她的腦子，她的心整個像是浸泡在強酸中，被強酸腐蝕侵蝕，整個人痛不欲生，她咬著下唇將這些悲傷浪潮給吞進心裡，不讓家人與朋友們察覺。

分手，然後呢？

擺脫了一個爛人，很值得慶祝吧？

而她的慶祝方式就是去旅遊。

一有了這想法後，她立刻向公司提出了離職，想讓自己逍遙一陣子，快活的打包行李然後去旅行。

經過三個月的環島，歐嘉妮頂著些微曬黑的麥色皮膚，冷著眼，面無表情的來到一家教學醫院裡面，跟著一位研究博士走進研究室。

她的雙眸像是蒙上了一層冬霧一樣，整個人冷冰冰。

「之後這裡就是妳的位置，有什麼問題都可以問我，同事們也樂意幫妳解決。」博士溫和的對她微笑。

「謝謝妳。」她說，看著自己空蕩蕩的座位，告訴自己一切重新來，重新適應著新職位、重新適應著新環境、重新適應著所有的一切。

歐嘉妮的上一份工作是科技業，從大學畢業後就一直待在裡面，數不清的肝細胞死在裡頭，她每天工作將近十二個小時，雖然薪水高，但體力不如大學時期那樣，加上與前男友分手想休息一陣子，讓她毅然決然的離開那裡。

當時也告訴自己，下一份工作別再找科技業，時間被綁死，幾乎奉獻給公司，難怪前男友劈腿自己到最後一刻才察覺，她想找一份輕鬆一點的工作，當著跳板就好，頂多待兩年為限，聽從身邊朋友的介紹，她決定去應徵這所醫院的研究助理。

確實，研究助理的工作比起科技業有點輕鬆，薪水也算可以，在就職的第一天博士就丟給她有關於她實驗的計畫書跟幾份英文文獻，才花三天的時間她就將文獻全都看完，也大概了解計畫書的實驗內容。

「嘉妮，妳還沒有看過我們部主任吧？我帶妳上去跟部主任招呼一下，順便我也要拿文件給秘書。」博士走到她身邊，眉開眼笑地對她說。

歐嘉妮點了頭，微微一笑，「好。」

博士人叫黃君怡，是個親切的姊姊，年約莫三十初，當時歐嘉妮就是由她親自面試進來的。

兩個人一同離開實驗室，轉個彎往電梯走去，按了電梯，黃博對她說：「外科部主任的辦公室在十樓，秘書室也是，我們外科部有兩位女秘書。」
歐嘉妮微微點頭，以示回應。
電梯抵達十樓後，叮了一聲，黃博和歐嘉妮一起走出了電梯，黃博帶她繞了繞，終於抵達上面寫著外科部辦公室的大門，拿起員工證感應，門應聲開啟，裡面又是一條長長的走廊。
歐嘉妮緩慢的走在黃博身後，她看到黃博在第一扇門那探頭進去看了看，又探頭出來往前走，最後走進了第二扇門，她在敞開的門上敲了敲，朝著裡頭的人打招呼，「宇凡，這個麻煩給部主任簽名。」
「好哦！」秘書曾宇凡接過文件，發現歐嘉妮的存在，微笑的朝她點了頭。
「這是新聘任的研究助理，叫嘉妮。」黃博替她們兩人介紹，「這位是宇凡，是部主任其中一位秘書，部主任在嗎？想說讓嘉妮跟部主任打招呼。」
「嗯，他剛剛回來。」曾宇凡從座位起身，敲了敲她辦公桌後方的那扇門。
歐嘉妮發現醫院空間的設計實在別有洞天，秘書室裡面還會有個小房間，甚至有的房間又可以通到另外一個房間。
宋部主任的聲音從裡面傳來，曾宇凡打開了他的辦公室門，朝裡面點了頭。
「部主任，黃博帶新助理來給您認識。」她說。
走進去後，歐嘉妮看到一位穿著醫生袍的中年男子，禮貌性地向他微笑，雖然，她打從心裡很討厭微笑，若不是為了交際她根本不愛微笑，因此她時常面無表情的，若不是熟識她的人，還以為她是個天生愛擺臭臉的人。

「嗨，歡迎妳啊……」宋部主任瘦瘦的，有一點駝背，即使身上套著醫生袍，仍可以看到他纖瘦的體態，他頷首，關心的問：「報到流程都跑完了嗎？」

「是的，昨天就跑完了。」她回答。

簡單又寒暄幾句，歐嘉妮隨著黃博離開辦公室，途中她好奇的東看西看，看到了不遠處寫著主治辦公室跟住院辦公室的大門，見到她好奇的目光，黃博也替她解釋：「這裡就是所有外科醫師的辦公室，另外外科部還有另一位秘書，叫羅少菲，但剛剛經過她辦公室的時候她人不在，改天有機會再介紹給妳們認識認識。」

「嗯，好。」她淡淡的微笑。

黃博口中所說的改天，沒有想到就是在隔天。

她交給歐嘉妮一些文件，請她幫她送到部主任辦公室那裡，這天她憑著記憶走到十樓，途中拐了幾個彎，走到外科部辦公室門口，拿起員工證正要接觸到感應器的時候，這扇門突然被人從裡面開啟。

一瞬間，一陣微風襲捲，她的幾縷髮絲飛揚，下一瞬間一名染著褐色頭髮的年輕醫師差點撞到她，在即將要撞上她的瞬間，修長的手指立刻反射性的撐在門上，歐嘉妮只覺得一陣淡淡的香水味直撲鼻腔，這味道讓她些微皺眉。

「不好意思，嚇到妳了。」他匆匆的丟下這句話，抬起腳快速的往某個方向跑去。

見到他身上穿著藍綠色的手術衣，歐嘉妮猜想這人應該是要往手術室跑。

收回目光，轉過頭又見到另外一位年輕醫師出現，身上穿著醫師白袍，兩人你看我我看你的，眼前這位年輕醫師長相帥氣，眉宇間透露著一絲冷漠，那年輕醫師朝著裡面的方向點了頭：「妳要進去？」

「嗯。」歐嘉妮點了頭，又補充說：「我找祕書。」

「知道位置嗎？」

「知道，昨天來過，謝謝。」她冷冷的回應，頭也不回的直接走進去。

而原本剛踏出去的年輕醫師，愣了愣，他轉身走出去，又想到什麼事情的轉過頭走回。

「妳好。」歐嘉妮向曾宇凡打聲招呼，手上拿著一疊資料交給她，「黃博請我幫她轉交給部主任。」

「好，給我就可以了。」曾宇凡微笑，接過資料後看了看，之後在上面貼上幾張螢光紙，歐嘉妮就這樣看著她的動作，沒有說話。

「嘉妮，還有什麼事嗎？」見她還沒離開，曾宇凡歪頭。

「就是……」剛剛她要來十樓之前，黃博有跟她說可以請曾宇凡帶她去認識外科部的另外一位秘書羅少菲，並且說她已經有告知曾宇凡了，但乍看之下，曾宇凡顯然忘記這件事情，而她也不知道怎麼開口。

下一秒鐘，曾宇凡敲敲自己的腦袋，「啊對，我想到了，走，我帶妳去找少菲。」

歐嘉妮緩慢的退回到辦公室門口，卻見到剛剛在門口遇到的那位醫師，那位醫師淡淡瞥了她一眼，目光看著曾宇凡，「宇凡，我要跟妳拿明天報到那位Clerk的資料。」

「噢好。」屁股才剛離開座位的曾宇凡再度坐回，她往旁邊的資料夾翻了幾下，抽出一張紙，「這裡，明天這位Clerk的資料，來自陽明的醫學生。」

年輕醫師將那張紙輕輕的抽走，低眸看了一眼。

這時候曾宇凡拉住他的手臂，「梓晨，這位是宋主任新聘的研究助理，叫歐嘉妮。然後嘉妮，這是住院醫師霍梓晨。」

原來是住院醫師，難怪看起來這麼年輕。

「你好。」歐嘉妮淡淡的朝他點頭，扯了扯僵硬的嘴角，霍梓晨也同樣淡淡的看了她一眼，點了頭。

歐嘉妮看到曾宇凡親暱的勾著他的手臂，眸中的光閃爍一下，心中猜想兩人的關係應該非凡，可是她沒有多問。

霍梓晨離開後，曾宇凡將歐嘉妮帶到另外一間秘書室，裡面是一位看起來跟曾宇凡差不多年紀的女性，曾宇凡向她們彼此介紹後，她揮揮手，「妳好，歡迎妳，我叫少菲。」

「妳好。」歐嘉妮的反應跟剛剛一樣，淡淡的點了頭，淡淡的笑了笑，所有的表情跟動作都是那麼的淡然，有如平靜的潭水中一顆小石丟入，泛起淡淡的漣漪後，這漣漪很快的又消逝不見，彷彿剛剛從來沒有出現過。

曾宇凡與羅少菲將歐嘉妮的反應歸在她怕生慢熟，不太習慣與不熟的人相處，雖然歐嘉妮給人的感覺冷冰冰的，但應該不難相處才對。

歐嘉妮的話很少，來到新環境一個多月的時間不會主動與人攀談，都是靜靜的做著自己的事情，就連吃飯時間與其他同事們一起去員工餐廳，大多時候她也都是靜靜地在一旁吃著飯，說話的次數少，幾乎都是聽著同事們聊天。

這天管理師阿清帶她做起實驗室的環境訓練，目的是認識實驗室的各個角落，除了每個儀器的基礎認識以及一些要注意的細節，另外也講解了一些關於實驗室安全逃生的事情。

「妳的個性是不是比較安靜？」講解完了某項儀器，在前往另外一個儀器的途中，阿清轉頭問她，想與她閒聊。

歐嘉妮抬眸看著眼前這位大自己約莫有七八歲的管理師，搖搖頭，又點了頭，最後她說：「我只是不知道怎麼跟不熟悉的人相處。」

「那妳之前的工作呢？工作性質很少說話嗎？」

「先前在科技業裡面，整天都泡在無塵室裡，確實很少說話。」

阿清看著她，幾秒鐘的時間都沒有說話，最後他搔搔頭，「但妳不說話……有的人會以為妳在生氣。」

「我沒生氣。」她的語氣還是一樣冷淡。

「我是說……有的人會這樣想啦！」他吐了口氣，「身為前輩給妳一些建議，不說話、臉上沒有表情容易與人拉開距離，簡單一個微笑容易與人拉近距離，不是說全世界共通的語言就是笑容嗎？」

歐嘉妮看著他，扯了扯嘴角，還是笑不出來。

「可以慢慢改進啦。」阿清是一位年紀快要四十歲的男性，家中有兩位女兒，最近也為了女兒在學校的人際關係煩惱。

「嗯，我知道了。」歐嘉妮不自覺的淡笑了一下。

這短短不到一秒的瞬間被阿清給捕捉到，他彈了手指，「就是這樣子。」

「啊？」

「笑，笑。」他勾起自己的嘴角，再度搔搔頭，兩人走到毒化物的管轄鐵櫃那，「搞得我好像變成妳爸，好，我繼續介紹環境，這幾個櫃子是放毒化物的櫃子，平常時間鐵櫃會用扣環扣上，若要使用毒化物一定要戴手套並且在抽風櫃裡面操作……」

其實這些實驗室大多數的資訊歐嘉妮都知道，但有些公司還是會幫員工執行一些基本訓練。

當阿清講解所有的儀器後，歐嘉妮回到座位上，思索了一下，她要自己微微一笑，但就是覺得自己的臉部肌肉有點僵硬，最後索性放棄練習。

實驗室的會議大約是一個月一次，目的是討論每一位研究助理的實驗進度以及實驗上遇到的困難。歐嘉妮將實驗數據都做成了圖，製作好投影片後，剛好黃博寄了一份文獻給她，說是部主任要她讀的，希望她在實驗室會議的時候除了報告自己的實驗進度，也順便報告這份文獻給大家知道。

好險歐嘉妮對於閱讀英文文獻有一定的底子，在大學以及科技業的時候也有閱讀英文文獻的經驗，知道一些閱讀技巧，快速的看完這份文獻，她又花了些時間製成投影片，以便隔天的會議進行順利。

「明天的會議啊！可能要麻煩妳在早上的時候提醒一下部主任，另外還有兩位醫師，一位是林醫師，現在是主治醫師，他是妳這實驗的計畫協同主持人之一，另外一位是蕭醫師，他是住院醫師，是部主任臨時把他抓過來的。」黃博在會議的前一天告知她。

一份完整實驗計畫的撰寫，需要有此計畫的負責人，稱為計畫主持人，但通常一個計畫的主持人不會只有一位，有時候會與其他學術單位的教授或是醫生合作，而這些合作者又稱為共同主持人或是協同主持人。

歐嘉妮聽了黃博的話後微微歪頭，她注意到她的用詞。

『抓』過來？

抓？

「因為蕭醫師人……嗯……有點鬧就是了，部主任希望他正經一些，加上他好像是住院醫師第三年還是第四年了，部主任想讓他參與一些研究上面的事情。」黃博補充，說完後眉開眼笑的，「妳不用緊張，就據實報告就好。」

「好……」其實她根本就沒有在緊張的。

在前一天又再度看過整個投影片，確定沒有問題，她便安心的開始做起其他事情。

隔天早上，她提醒所有會參與會議的醫生們，在會議開始前的十五分鐘，歐嘉妮開始在會議室裡面架設起投影機跟筆電，等待的同時醫生們也陸續的走了進來。

此刻，一位有著褐色秀髮的男子撐起自己疲累的身子，穿著白袍往實驗室的方向走去，他就是蕭旻言，此刻他心裡不斷的嘀咕著部主任老宋實在無聊至極，沒事抓他來參加什麼實驗室會議，他又沒有在參與實驗，無聊無聊無聊啊！

雖然外表有點不正經，時常愛開玩笑也愛鬧同事，但對於威嚴者部主任的話他還是會聽進去，有點像是學校裡面頑皮的小男孩，遇到父母瞬間變成了一位乖寶寶一樣。

他按了實驗室的門鈴，沒有多久門應聲開啟，他不悅的撇著嘴，走進實驗室裡面的會議室，見到大夥人都已經在會議室就定位，趕緊收起不悅的表情，微笑地對著大家打招呼。

「不好意思，剛剛上廁所。」也不好承認其實剛剛偷閒玩手機遊戲玩過頭。

歐嘉妮在看到蕭旻言進來的瞬間，微微一愣，想起他是之前曾經在外科辦公室那差點撞上她的年輕醫師，可能一般的言情小說中時常會有這橋段出現，比如男女主角在某個地方不小心相撞上，對上眼的瞬間宛如觸電，全身發麻，從此就再也忘不了對方，但歐嘉妮沒這奇異的幻想，她隨即收回目光，看向部主任。

部主任人正熱絡的跟林醫師以及黃博聊著一些她聽不懂的學術與醫學，她猜想應該是跟一些研究有關，蕭旻言先是乍看之下有興趣的聽著，點著頭，之後他緩緩地拿出手機，本來以為他是要用手機收信還是傳重要訊息什麼的，結果竟然是……遊戲？？

由於身邊有同事在玩那款遊戲，所以歐嘉妮只是瞥了一眼手機螢幕，就知道那是什麼遊戲了。

這一瞬間，她總算能夠明白為什麼部主任要將蕭旻言給抓來了。

「咳咳，好，嘉妮妳開始報告吧。」部主任聊完天，笑笑地對歐嘉妮說。

歐嘉妮點頭，隨即拿起投影筆，開始簡單的訴說她的實驗內容以及她閱讀的文獻，經過三十分鐘的時間，大家討論一陣子，之後紛紛的離開實驗室。

先是部主任與林醫師兩人一同離開，留下的蕭旻言問了黃博一些問題，接著他看向歐嘉妮，歐嘉妮面無表情的回看他，瞬間想到阿清對她說過的話，她敷衍似的給了一個微笑，心中卻不懂他為什麼要盯著她看。

「我覺得妳很面熟欸……」蕭旻言突然這麼說，同時瞇起眼睛，歪著頭沉思。

他的話讓黃博笑了笑，還虧他是不是要搭訕，蕭旻言搖頭，一臉認真的神情，「沒有，我是說真的……我們曾經有在哪裡見過面嗎？」他問歐嘉妮。

歐嘉妮目光淡淡的看著他，沒有任何思考，直接說：「沒有，醫生您記錯了。」

「我不可能記錯啊……」好歹他也是名醫師，記憶非凡，學生時期的記憶瘋狂到可以在讀完書後一字不漏地背出第幾頁第幾行寫了些什麼字。

「您記錯了。」歐嘉妮低頭開始收拾東西，當她拿著筆電要離開會議室的時候，蕭旻言依舊在深思。

她覺得若這樣走出去，好像有點太失禮儀，畢竟對方又是醫師，看起來年紀也比自己大一些，起碼好像應該要有點禮貌才對。

「蕭醫師，別想了，您真的記錯了。」她又說一次。

蕭旻言愣住，「可是明明……」

歐嘉妮淡淡的笑容浮現，「我很確定自己沒有跟您見過面。」

她的語氣沒有任何的溫度，夾雜著一股形容不出的冷意。

蕭旻言愣住，他怎麼有種被人拒絕的感覺啊？

以往他會適時的鬧女同事玩笑，女同事們的反應有的害羞、有的翻白眼、有的很想打他、有的真的直接打他了，眾多的反應讓他有點引以為傲，他雖然愛鬧，可拿捏得很好，他從來不會越矩，不會有任何的肢體接觸，不會給予任何曖昧的機會，不會處處留情，只是個幽默風趣的男子。

可歐嘉妮這樣的反應他還是第一次遇到，該怎麼說呢？這女人怎麼從頭到腳都是冷冰冰的，一副拒人於千里之外的冷漠，是他的魅力減少了嗎？

他不自覺地摸了摸自己俊俏的臉。

蕭旻言帶著一堆疑惑走回外科部辦公室，見到羅少菲在秘書室，他探頭進去，先是給她一個微笑，接著說：「妳今天，有沒有覺得我很帥？」

正在喝水的羅少菲頓時之間瞪大眼睛傻住，嘴裡的那口水就這樣朝他的方向噴了出來。

「唉呦……」俊臉直接遭受到強力水柱的攻擊，他吃痛叫著。

「蕭醫師，你有病啊？」羅少菲咳了幾聲，瞪他的同時抽了衛生紙給他，要他自己擦乾淨。

蕭旻言擦拭完畢，手倚靠在門邊，「妳知道老宋有新聘一個研究助理嗎？叫歐嘉妮。」

「知道啊！怎麼了？」

「妳見過她嗎？」

「見過啊！怎麼了？」羅少菲一臉不解。

「那妳……妳覺得她怎樣？」

「什麼我覺得她怎樣？就是一位漂漂亮亮的女生啊！」

「就這樣？」

「蕭醫師，你有話直說吧！我不喜歡跟你打啞謎，而且我很忙，沒時間跟你鬧。」羅少菲直接送他一個白眼，目光盯著電腦螢幕上，繼續方才的事情。

「就……」蕭旻言摸了摸自己的臉，覺得好像也不是什麼大事，「就她人很安靜，很冷漠，嗯……

很冷豔。」

對，冷豔好像比較能形容出歐嘉妮的氣質，她人長得漂亮，健康的小麥膚色與深邃的眼睛，但整個人卻冷冰冰的，很像被凍結的紅色玫瑰花，美艷但散發著陰冷的氣質，玫瑰上頭的尖刺讓人發寒。

「應該……是因為跟你不熟吧？」羅少菲的目光從電腦螢幕移到蕭旻言的臉上，「難不成你希望她看到你直接撲到你身上啊？怎麼？覺得粉絲不夠多嗎？」

不知道是哪位護理師替他創了一個粉絲頁，叫外科部型男粉絲頁，裡面眾多蕭旻言的消息跟照片，還有霍梓晨，不過自從霍梓晨終結單身後，他的消息漸漸的變少，剩下蕭旻言這位單身黃金男子獨勝。

「不是啦……就……」他就是覺得心裡莫名的不平衡啊！

「就？就什麼？」羅少菲一臉奇怪的表情，見蕭旻言的臉垮下，好像真的很苦惱。

「只是一瞬間，覺得自己的魅力消逝了。」他回答。

這麼直白的話讓羅少菲無言以對，她應該叫那位創粉絲頁的護理師偷偷的將粉絲頁更改成『外科部自戀男粉絲頁』然後將裡面的霍梓晨直接踢除，通通留給蕭旻言撒野到過癮。

羅少菲嘆口氣，「這世界本來就是這樣，有些人喜歡你，有些人不喜歡你啊！糾結什麼啊？都這麼大的男人了，心態跟小朋友一樣。」

「我心靈有點受創……」

「受創不要來找我安慰，我是個有男朋友的人。」羅少菲轉過頭，「欸，好了啦！我真的不能跟你聊了，你想害我加班是不是？」

被吃了閉門羹的蕭旻言，默默地離開羅少菲的辦公室座位，轉而前去另外一位祕書，也就是曾宇凡的座位。

「宇凡。」他敲了敲門，對著曾宇凡微笑。

「嗨，怎麼了？」

「你覺得啊……」他說的同時摸了摸自己的臉，「我今天看起來怎麼樣？」

「氣色還不錯。」曾宇凡眼眸中透露著不解，但還是回答他的疑惑。

「那……魅力呢？有沒有跟以往一樣？」

「啊？」她愣住。

「有沒有啊？」

「……」曾宇凡先是無言了幾秒，僵笑著說：「旻言醫師，你怎麼了？我看你好像受到打擊的樣子。」

「呃……」他頓了一下，摸摸自己的頭髮，「也不是打擊啦！就……覺得自己的魅力隨著年紀越來越少了，這該如何是好？」

曾宇凡眨眨眼睛，真心覺得不想理他，微微一笑後，她將目光拉回電腦螢幕上，雙手放在鍵盤上開始打字。

「宇凡……理我嘛……」

剛好這時候曾宇凡的手機響起，是部主任來電，曾宇凡一臉歉意的對著蕭旻言說：「抱歉啊……部主任找我，可能有急事，我先接聽一下電話。」

可是她心中卻是鬆了一口氣，見蕭旻言不願離去，她邊講著電話，邊撈了撈放在一旁的資料，接著拿給蕭旻言。

蕭旻言接過來，低頭一看，上面寫著：『選美比賽』。

『○○醫院第一屆選美比賽開始徵選了，不論是男還是女，都可以報名參加比賽哦！第一名獎金有一萬元，第二名獎金有五千元，第三名獎金有三千元，你／妳還在等什麼？趕緊手刀來參加吧！』

蕭旻言不自覺的睜大眼睛。

當曾宇凡講完了電話，卻看到蕭旻言的目光閃爍，裡面好像藏了好多顆星星一樣，將他的目光弄得閃閃發光，他眉宇之間傳來自信，抿著唇，他看向曾宇凡，聲音強而有力，「沒錯，就是這個了！」

曾宇凡頓時整個無言以對。

「我竟然不知道有選美比賽欸！」

「形體美容中心那邊的粉絲頁剛創立，所以想藉由選美比賽來推廣粉絲頁，參加者除了要在粉絲頁上面按讚，也要在上面上傳自己的照片並標記。」曾宇凡說：「這是我早上才拿到的文宣，旻言醫師，我覺得你可以參加看看。」

蕭旻言笑了笑，「感覺不錯欸……嘿嘿……」然後又突然像是想到什麼事情的說：「梓晨知道這件事嗎？」

「啊？」曾宇凡愣了愣。

「我跟妳說哦……這件事你不要告訴梓晨，我不想跟他競爭。」

「……他剛剛來找過我，早就知道這件事情了，不過你放心，他完全沒有興趣，你可以放心地去參加。」

「真的嗎？他沒興趣？」蕭旻言摸了摸下巴，「真可惜欸！」

……是誰剛剛說不要告訴對方的？現在又是在可惜什麼？

蕭旻言開心地領著那張宣傳單，離開外科部辦公室。

與此同時，歐嘉妮看著那不斷響起的手機，同個號碼在上面不斷地顯示，已經撥打來十幾通了，她摸了摸自己的太陽穴，覺得太陽穴正在抽動，整個頭好痛。

「嘉妮，妳怎麼不接電話啊？」隔壁同事好奇地問。

「我……」她遲疑了幾秒，最後嘆口氣：「嗯，沒事。」接著她拿起手機離開自己的座位，走出實驗室。

悅耳的手機鈴聲仍然不斷地響，她看著這熟悉卻又陌生的號碼，給與自己一個深呼吸，鼓起勇氣按了接通。

「喂？」她的聲音很冷，沒有任何溫度在。

『嘉妮，我錯了。』男人的第一句話就是反悔認錯，低沉的穩重聲音從電話的第一頭傳來，這聲音她曾經好喜歡好喜歡聽，尤其是深夜要睡覺的時候，她特別喜歡聽著這聲音在她耳邊輕輕的說話。

可是，她清醒了。

又來了，她已經抓到他與別的女人上床三次了，每次抓到後他都態度已決的要與她分手，可每次當她帥氣的轉身離開後，過幾個月他又會回來找她。

她已經原諒他好多好多次了，這一次，她不想要讓這個人再次回到她身邊了。

一想到這，歐嘉妮的神情變冷，宛如一張白紙一樣，頓時之間她散發出一股冷漠，周圍的空氣好像都因為這股冷漠而停止流動。

聲音，很安靜。

空氣，很冰涼。

歐嘉妮所散發出來的冷可以讓人全身的血液都停止流動，有如雪之女王，經過之處都下起白雪、颳起冷風。

離這不遠處，蕭旻言手上拿著選美宣傳單，嘴上輕哼著歌聲，往這個方向走來，走著走著，他看到歐嘉妮的背影，頓時之間愣了愣，無意識的停下腳步。

「怎麼？打電話給我做什麼？」她說，這毫無溫度的聲音讓人聽了起雞皮疙瘩，甚至全身發毛。

電話的另外一頭蕭旻言當然聽不到內容，最後只見歐嘉妮做了一個深呼吸，隱忍著心中那即將要爆發的情緒般。

事實上，歐嘉妮確實忍著心中那股怨氣，她越來越覺得火，到最後已經聽不見男人對她所說的內容，她直接火山爆發。

「你這個人是生來就沒有腦子的嗎?!活在這世上是做什麼用的？信不信我把你塞回你媽的子宮裡！分手就分手，他媽的別再來煩我！」說完用力闔上電話，她喘著氣，雙手摀在自己的臉上，一抹酸意立刻如海浪一樣朝她打來，她咬著牙，忍著那極為悲傷的內容，硬是要自己不要哭出來。

然而，淚水不聽使喚，越流越多。

她不斷的抹去這流不盡的淚水，轉過頭打算要去廁所處理的時候，卻見到了不知道什麼時候就一直站在那裡的蕭旻言。

伴著淚水，歐嘉妮目瞪口呆的看著對方，兩行淚水就這樣順著她的臉頰滑落。

蕭旻言看著她，同樣也是呆愣，可兩人之間他最先回過神，沉著臉，他微微的勾起嘴角，目光直盯著她看。

第二章

蕭旻言終於想起自己曾經在哪裡見過歐嘉妮了！

在幾年前，當他還是實習醫學生時，跟著不同科的主治醫師在醫院到處跑，也有進出手術室過，手術室外面幾排的綠色椅子整齊陳列，眾多正在動手術的親朋好友們都會待在手術室外面等著，若是小手術，等待的家人們態度平淡，若是大手術，會看到那些家人們臉上忐忑不安的表情，有些人會痛哭流淚，有些人會強忍著自己的情緒。

當時蕭旻言看到歐嘉妮的時候，她正一個人靜靜地坐在角落椅子上，面如死灰足夠可以形容她當時的表情，她眼神空洞地看著某個角落，臉上正掛著兩行淚水，上齒緊咬著下唇不讓自己哭出聲音，甚至咬到下唇都出了血，她仍是緊咬著。

蕭旻言的目光當時會被她抓走的原因是，眼前這女生很漂亮，且有股形容不出的美豔氣質，波浪的長髮披散在她的肩膀上，未施妝的素顏更能顯出她臉上的蒼白，當時，她前方的那群家人們抱頭痛哭出聲音，更加顯現她這個人散發出的孤寂感。

時間拉回此刻，此刻歐嘉妮正面無表情地看著他，經過幾秒鐘後她轉頭打算要離開，而蕭旻言也不曉得怎麼一回事的，反射性無意識的就拉住她的手。

歐嘉妮愣住，蕭旻言也對自己的行為感到訝異。

「這個……嗯……妳、妳沒事吧？」他問。

「沒事。」歐嘉妮冷淡地說，目光很冷，她的眼眸中散發出一種孤單，沒有任何的生氣，給人的感覺像行屍走路一樣。

「怎麼會沒事啊？妳……妳在哭欸……」

歐嘉妮這才抬起手抹去臉上的那兩行淚水，她的目光刻意不要與他對上，抹去了淚水後，她的語氣還是很冷淡，「醫師您看錯了，我沒有在哭。」

死鴨子嘴硬，明明都看到眼淚了，當他蕭旻言視力差嗎？

「發生什麼事情了？」他又問。

「……沒事。」

蕭旻言有點不高興，明明他是在關心她，可這女人對他就是散發出一種來自陰屍路的陰冷氣質，讓他覺得就算歐嘉妮去演了殭屍，應該也挺適合她的，而且還是一位美麗的殭屍。

「跟男朋友吵架啊？」他又問，這個問題問出口的當下，他感到歐嘉妮的身子僵硬住，下一秒鐘歐嘉妮抽出她那一直被他抓住的手。

她冷笑，這笑容打從心底讓人覺得毛骨悚然，是那種皮笑肉不笑的詭譎笑容，加上那立體的五官，更讓這笑容的詭譎感大大的提升，「原來蕭醫師，是這麼八卦的人啊……」

「八卦？」他眨眨眼睛，「沒錯欸！我在外科部是挺八卦的，想當初，就是因為我的八卦才促成這麼多姻緣的。」

歐嘉妮面無表情的看著他。

「唉呦，同事一場，關心關心嘛！都被我看到妳在流淚了，若不上前關心會顯得這社會是如此的冷漠無情欸！」

「……」

見對方不說話，蕭旻言摸摸鼻子，「妳真的沒事吧？需不需要……宣洩一下？」他說：「我可以當傾聽者，之前實習的時候有到精神科那邊實習，那裡的醫生都是一直聽病人劈哩啪啦的說話。」

歐嘉妮冷臉看著他：「但我不是精神病患，我沒有心理疾病。」

「不是啦……我不是這個意思，我是說，我可以當妳的傾聽者。」

歐嘉妮的目光緩緩的移到蕭旻言的臉上，淡淡地搖搖頭，「謝謝您的好意，但我不需要。」

「真的不需要？」蕭旻言蹙眉，「欸，讓我當妳的傾聽者，是妳賺到欸。」

「我沒興趣，謝謝。」

見到歐嘉妮轉身就要離開，蕭旻言再度拉住她的手，其實他自己也不知道自己到底是在堅持什麼，就只是覺得被人這樣的冷漠忽略，心裡實在有點不平衡。

天啊……他的魅力真的減少了嗎？為什麼歐嘉妮看到他可以這麼的高冷啊？

歐嘉妮面無表情地看著那隻被他抓住的手腕，冷眼看著他，不懂眼前這位醫師到底想做什麼？

蕭旻言看著她面無表情的臉，頓時之間沒了話題，想了想，他想到被他塞進醫師袍口袋的那張宣傳單。

「欸，我剛剛收到一個消息，覺得妳很適合，或許妳可以去參加看看。」說著，他將宣傳單遞到她面前。

「不用，謝謝您。」歐嘉妮連看都沒看的，直接拒絕他，順道抽回她的手，「不好意思，我要回實驗室了，有實驗需要執行。」說完，她轉身離開。

留下原地的蕭旻言，他有點氣急敗壞的揮著手上那張宣傳單。

到底、到底、到底是怎麼一回事啊啊啊？

他摸摸自己的臉，拿出手機藉著反光看著自己的臉，臉上的英俊還在啊！而且他天天睡前都有保養，皺紋也不多，那到底……為什麼歐嘉妮看到他的時候反應這麼冷淡？連笑都不會笑？

到底是他的魅力不像以往，還是……還是歐嘉妮其實是個近視者？她沒有看清他的臉呢？

蕭旻言摸了摸下巴，臉上有點懊惱地往前走著。

另外一方面，歐嘉妮當然沒有回到實驗室裡面，她是往廁所走去，看著自己在鏡中的臉，蒼白如一張白紙，她潑了潑水，將臉上的淚痕給擦拭乾淨。

想到剛剛蕭旻言的話，她抱持著這位醫師是個怪人的想法，若非必要，不需要與他接觸太多，歐嘉妮自己下了這個結論，很快的腦袋瓜就被下一件事情給取代。

所謂的下一件事情，就是剛剛的那通電話。

她拿出手機，凝視著通話紀錄上的那個熟悉號碼，最後在手機上面按了按，將這個電話號碼設為黑名單。

她想要重新開始、重新的生活，拜託，不要再來找她了。

前男友劈腿成性，關她什麼事啊？這麼愛找別的女人上床就最好染上性病！最好這生都無子！

輕輕的拍了拍自己的雙頰，要自己振作起來，她用力眨眨眼睛，給予自己很多次的深呼吸，然後才回到實驗室裡面。

她的電腦螢幕停留在剛剛她閱讀到一半的文獻，抿著唇，她繼續閱讀上面的內容。

「少菲，妳有沒有那個歐嘉妮的資料啊？」

「啊？」羅少菲抬頭，一臉奇怪的表情看著蕭旻言，「蕭醫師，你要嘉妮的資料做什麼？」

「我想起我幾年前在醫院有看過她，是在手術室外面，當時的她面容蒼白，很像殭屍一樣欸……」

「所以？」羅少菲的聲音變輕，「這跟你要她的資料有什麼關係？」

「關心同事啊……我剛剛看到她在哭欸！」

「可是她的資料上不會寫著她哭泣的原因啊……」羅少菲盯著蕭旻言，不由自主的搖搖頭，「你該不會看上這位小姑娘了吧？」

「我？拜託，我都可以當她爸了，怎麼可能看上她啊！」他擺了擺手。

羅少菲再次無言的看著他，「……你才比她大個四、五歲而已，就能當她爸啊？四歲就能生小孩是不是？這麼小的年紀就精力旺盛，你變態啊？」

「……」

「好啦，開個玩笑而已，算我拜託你，不要招惹這位小姑娘，不要去殘害國家幼苗好嗎？人家姑娘乖乖巧巧的，我可不想讓你帶壞她。」

「我是要怎麼帶壞她？好歹我也是個醫師，有精明的腦袋跟智慧，我是要怎麼帶壞她啊？」蕭旻言說：「會想看她的資料只是想要驗證一下我的猜測對不對而已。」

「什麼猜測？」

「她當年在手術室房外面面如死灰的，很像心死的樣子，這畫面至今我還忘不了，雖然已經記不起來當時手術室裡面是接到什麼大手術，只是我在想……這場手術是不是跟她家人有關係？會不會……她父母已經不在人世上了？所以我只是要知道她父母是不是不在了。」

羅少菲盯著他，眨了眨眼睛，手上的原子筆轉了轉，「你這位鼎鼎大名的蕭醫師，沒事去探討一位小小研究助理的身世做什麼？」她沉重的吐了口氣，「不好意思，醫院裡面的倫理道德，不能隨便透露員工跟病人的資料，恕我無法告知你。」

「妳就稍微透露一些些些些嘛！我不會告訴其他人的！」

「不好意思，我不能這麼做。」羅少菲甩了甩手放下手中的筆，從座位起身，往廁所走去，「我要上廁所，蕭醫師沒事的話就趕緊走吧！」她真心想把這位煩死人的醫師給打發走。

蕭旻言看著羅少菲匆匆奔向廁所的背影，腳步一轉，最後轉到了曾宇凡在的秘書室裡面。

「宇凡啊……」

「啊？」曾宇凡抬起頭看了他一眼，目光盯著電腦螢幕，手上不知道在抄寫著什麼，「旻言醫師什麼事啊？是有資料要給部主任簽名嗎？但是他今天下午出國了，可能要在下周的時間才能拿到他的簽名喔！」她連頭也不抬，手抄寫的速度飛快。

「妳有沒有歐嘉妮的資料啊？」

曾宇凡在這一瞬間愣住，所有的動作停格了一秒鐘，最後緩緩抬起頭，對上了蕭旻言的眼睛。

她眨眨眼睛，以為自己看錯，沒有想到蕭旻言的眼睛裡面目光閃爍，他正在對她放電、哀求著。

「你要……歐嘉妮的資料做什麼啊？」她百思不得其解，可惜她始終對他沒興趣，所以這個放電方式對她無效！更何況她已經是個有男朋友的人了。

「就……」蕭旻言想了想，覺得自己若用剛剛求羅少菲那樣的理由來求曾宇凡的話，她肯定也不會給他，於是他胡扯著，「就是最近的那個實驗計畫嘛！黃博士那邊需要更改ＩＲＢ案件（ＩＲＢ：人體研究倫理委員會的簡稱，任何的實驗案件只要會牽扯到受試者的安全與權益，都需要經過ＩＲＢ委員會的審視，若實驗內容一有變更，也需要重新給ＩＲＢ作審核。），所以我需要來拿她的資料。」

「哦……」曾宇凡不疑有他，滑鼠按了按，很快的電腦螢幕跳出歐嘉妮的個人資訊，她打算按列印，想了想，覺得應該偶爾救救可憐的樹木，砍樹的數量應該要減少以救救地球跟可憐的北極熊，所以她取消列印，將資料丟進電子信箱裡面，打算用寄的。

然後，她又想到了什麼事情，「不對啊！嘉妮是黃博士面試的，她那邊應該會有她的資料啊！」她一臉納悶地盯著蕭旻言看。

「就……」曾宇凡臉上的茫然讓蕭旻言不知所措，這個謊也不知道該怎麼繼續扯下去，只好說：「好像是哦！哈哈哈哈哈！」他乾笑著，「那可能是黃博士她最近太忙了，我這就提醒她說她那邊有嘉妮的資料，要仔細的找找。」

曾宇凡點了頭，將視窗關閉，見蕭旻言人又站在這裡，她抬眼，依然是納悶的表情，「還有什麼事情嗎？旻言醫師？」

「那個……」蕭旻言摸了摸下巴，「宇凡啊！妳有沒有覺得……我做人失敗啊？」

「啊？」曾宇凡瞪大眼睛，什麼跟什麼啊？

「就是……我被人冷落了，心裡有點覺得不是那麼的滋味，到底是……我這樣的顏值被老天爺給忌妒嗎？所以上天派了一個人來冷落我？」

聽到這裡曾宇凡已經默默的翻白眼了，這蕭旻言也不曉得是怎麼一回事，以前一開始認識他的時候覺得他幽默風趣，偶爾自誇，逗得大家哈哈大笑，可是這一年來自戀的次數大大提升，他腦袋到底是發生什麼事情啊？

曾宇凡不自覺的搔頭，看蕭旻言真的是很懊惱的樣子，他的粗眉微微擰起，高挺的鼻子與微微嘟起的薄唇，這樣的俊俏男人此刻在上演少年維特的煩惱，若是幾片落葉此刻掃過他的身上，更能顯示他的淒涼，只是他不是少年，他是今年剛滿三十歲的男人。

「旻言醫師，你發生什麼事了？」曾宇凡問。

「我說了，妳願意幫我嗎？」這男人倚靠著門邊，右手的食指正在門上畫著圈圈，滑稽的模樣讓曾宇凡再次無言，他是在裝可愛嗎？

「你說看看。」雖然曾宇凡很不想理他，但畢竟同事都一年多了，好像真的不能放任不管，她也是有同事愛的啊！

「這件事情妳一定能幫我的。」

「我？」曾宇凡指了指自己，納悶的看著他：「什麼事啊？」

「妳先答應我。」他竟然在耍脾氣。

「你先說啊！」

「妳先答應我。」

「我總要看看這事情合不合理吧？若不合理我怎麼可能會去做？」

「不會不合理的啦……」

偏偏在此刻，天外飛來一句話，「不准！」蕭旻言與曾宇凡兩人的視線同時往辦公室門口望過去，只見羅少菲雙手盤在胸前，瞪大眼睛的說，「不可以！」

「什麼東西不可以？」曾宇凡不解。

「蕭醫師想跟妳拿嘉妮的個人資料，不許給他。」

曾宇凡轉過頭看著蕭旻言，只見後者撇撇嘴，非常無奈的表情，甚至眼神死。

「旻言醫師，你拿嘉妮的個人資料要做什麼啊？」

「就——」

「好了！事情到此為止，蕭醫師，你是醫師，醫師通常不會透露病人的資訊給其他人知道，相對的，人資處跟我們秘書這邊也不能透露員工的資料，這雖然不是什麼法律條文，但這牽扯到醫院的倫理道德，你不要害到我跟宇凡。」

「就說我會保密了……」他的聲音小如螞蟻，一副委屈的模樣。

「不准就是不准啦！」羅少菲用力的吼了一聲，之後轉身離開，剩下的曾宇凡納悶的盯著蕭旻言，蕭旻言此刻就像是打了一場敗仗一樣，臉上的五官因為委屈而皺在一塊兒。

「旻言醫師，你為什麼要拿到嘉妮的資料啊？」曾宇凡問。

「想驗證我的推測對不對。」

「推測？」她問：「什麼推測啊？」

「就……唉，算了啦！不能拿就不能拿。」蕭旻言嘆口氣，「因為我在幾年前看過這歐嘉妮，當時在手術室外面，她這人給我的印象很深刻，我只是在猜想……當年在手術室的是不是她的父母親，所以想看看她父母健不健在。」

曾宇凡眨眨眼睛，「旻言醫師，但是你知道這要做什麼啊？」

曾宇凡的話讓蕭旻言頓時啞口無言。

「嘉妮的父母健在或是不健在，跟你有關係嗎？」

他突然恍然大悟，對啊！跟他有關係嗎？

跟他沒關係吧？那他……他……他幹麼要知道這麼多啊？

見到蕭旻言一副彷彿被雷打到的模樣，曾宇凡嘆口氣，滑鼠點了點，最後說：「歐嘉妮的父母還在世喔！」

蕭旻言睜大眼睛看著她，曾宇凡又繼續說：「我幫你到這裡了，你別說出去。」

「宇凡……」他突然往她的方向踏了一步，曾宇凡瞪大眼睛，防備的問：「等等，你要幹麼？」

「送上我的香吻。」他笑了笑，魅力無限，剛剛那失落的蕭旻言好像從來沒有出現過。

「不需要，給我滾開。」曾宇凡慌張地揮了揮手，她都已經是個有男朋友的人了！而且男朋友還是醫院裡面的住院醫師！別鬧了好嗎？

「好吧……」真吻無法送到，那送給飛吻不為過吧？

啵的聲音響起，曾宇凡瞪了他一眼，蕭旻言笑嘻嘻地離開辦公室，可是走了幾步，他又突然想到一件事情，若當時在手術室裡面的不是歐嘉妮父母的話，那會是誰呢？

究竟是誰在手術室裡面，會讓歐嘉妮有那樣的狀態？

當時那表情就好像被全世界拋棄一樣的孤寂，一個人靜靜地站在那裡被黑暗擁抱著，那團黑暗任何一點光都進不去，漸漸的吞噬著歐嘉妮的身軀。

由於在醫院裡面，蕭旻言他看過許多至親的人死別的痛哭場合，可偏偏對歐嘉妮當時那已經崩潰到極致，卻還是隱忍著不讓自己哭出聲的表情給抓住目光。

想到這，蕭旻言又嘆了口氣。

他到底……對歐嘉妮這麼好奇做什麼？

只不過是個研究助理嘛！

醫院的研究助理採取約聘式的，助理都來來去去，每一年都會離開幾個助理，也會有幾個助理前來報到，說不定明年的現在歐嘉妮就已經離開醫院也說不定，另外她也不是個會長期相處的同事，那他根本就不需要對歐嘉妮這女生這麼好奇啊……

蕭旻言告訴自己，要自己別再這麼在意歐嘉妮了。

望著手機來電，歐嘉妮的眼神再度沉下。

這次來電的人不再是那位人渣前男友，而是家裡的電話，想也知道打電話給她的一定會是媽媽。

她拿起手機，離開實驗室，才剛按了撥通，對方沒有任何的寒暄與關心，第一句話就說：『這個月怎麼沒有轉錢來？』

歐嘉妮面無表情地看著遠方，此時自己的心跳聲咚咚的變得大聲，每一個心跳聲都可以感受到心臟強而有力的跳動，以及血管內血流的奔騰，對她來說，她心中的怒氣就有如這些奔放的血一樣，火紅又帶著血腥，要不是拚命的克制住自己的意志力，拚命的將自己的理智線給拉回，她幾乎又要見紅了。

「我才剛換工作，薪水沒這麼快進來。」她要自己的聲音穩定。

『跟妳男朋友要啊！快點，這一次跟妳拿兩萬。』

「媽，我跟他分手了，他跟別的女人——」話都還沒有說完，對方劈頭就罵她，『妳怎麼這麼笨！對方有錢妳還敢跟他分手？妳賺得有比他多嗎？人家一天隨便好幾萬元在花的，妳算什麼東西？智障啊？』

並不是第一次被自己的母親這樣辱罵，歐嘉妮的臉色變得很差，用力的大喊：「他劈腿！他跟別的女人上床！已經這麼多次了我為什麼要一而再再而三的一直原諒他？」

然而，母親的話猶如一把刀狠狠地插進她的心口上，讓她痛不欲生，簡直想死。

『因為他有錢，妳就忍忍，之後結婚為他生了個小孩領他家的財產。』

歐嘉妮赫然掛上電話，舉起手想把手機給砸向牆壁，卻在要丟出去的那一瞬間又縮回自己的手，她緊咬著自己的下唇，全身都在顫抖著。

要自己深呼吸、吐氣、深呼吸、吐氣，頓時之間，一股噁心的感覺從她的胃直衝向口腔，她跌跌撞撞地走進廁所裡面，拉起馬桶蓋開始嘔吐。

為什麼她的人生這麼悽慘？

為什麼她要遭遇到這種事情？

若不是有血緣的關係緊緊綁著她與母親之間的關係，她真的很想翻臉不認這位母親，母親沒有給她任何的愛與關懷，有的就只有貪婪與仇恨。

眼睛灼熱起，她的淚水掉落，身子不停地顫抖，她悲憤地想吼叫出聲但她隱忍，她想要大聲地痛哭但她不能展現她的脆弱出來，即便現在一個人在廁所裡面沒有人觀望著她，但她就是不想讓自己崩潰的情緒宣洩出來。

為了將所有的痛苦都強忍下來，她捲起她的袖子，往她的手腕處用力咬下！

只要手腕痛，心就不會這麼痛了吧？

約莫經過一個多小時，歐嘉妮失神的走出廁所，空無一人的廁所顯示著寂靜與孤零零，她一直都是悲劇中的女配角，無法爭取到女主角的位置。

走到洗手台前，她為自己洗了一把臉，順便沖洗著手腕上被她咬到流血的傷口，上頭的血已經結痂，可紅腫不散，她低垂著眼沖洗著，之後抽出衛生紙擦了擦，轉身離開廁所。

憑著印象她走到了祕書室，剛好見到曾宇凡人站在公文收發處，曾宇凡看到歐嘉妮，有些意外她會來到這裡。

「嘉妮，妳來找……？」

「宇凡。」她開口，哭過的聲音是如此的沙啞難聽，「有件事情妳可不可以幫幫我？」

「什麼事啊？」曾宇凡發現她的神情不如以往，以往雖然是冷漠，可現在的歐嘉妮卻夾帶著慘白，整個人的臉色很不好看，眼睛裡面甚至有著血絲。

「醫院有沒有哪裡……是可以讓我額外打工的？我想利用下班的時間打工賺取額外收入。」

曾宇凡愣了愣，歪著頭。

「可以嗎？」她問。

「嘉妮，妳是不是發生什麼事情了？需要幫忙嗎？」

歐嘉妮吐了口氣，「我需要幫忙的就是……可以幫我看看醫院哪裡可以打工嗎？或者是醫院附近也可以。」

曾宇凡端詳著她一陣子都沒有說話，總覺得歐嘉妮藏著許多的祕密來到這裡工作，見到她那蒼白的臉色，她拍拍她的肩膀，「好，我隨時幫妳留意，如果有，我立馬通知妳。」

「謝謝。」她淡淡的泛起微笑，可她自己也知道這個微笑很醜陋。

第三章

即使歐嘉妮態度堅硬，怎麼也問不出說她急需要錢的理由，但因為她乖巧聽話，曾宇凡最後為歐嘉妮找了份在醫院美食街咖啡廳的工作，工作內容是外場服務，為了配合她上下班的時間，店長人很好的將歐嘉妮的工作時間都安排在下班後或是假日的時間，而且也有告知部主任這件事情，部主任也同意。

這天，歐嘉妮在收拾桌面的時候，隔壁桌引起了不小的爭執，她默默地將咖啡杯拿到水槽那邊清洗，店長卻在她要清洗的時候請她去查看一下發生了什麼事情。

歐嘉妮應了聲好，又走了出去，遠遠的就看到那桌的客人正在爭吵，一男一女，很明顯的是情侶吵架，而且也是很老梗的劇情，女方直接拿起桌上的水杯，下一秒就直接往男方的臉潑過去。

偏偏這種八點檔常常上演的劇情，好幾個月前歐嘉妮自己也是其中的主角之一。

女方潑完水後，氣走了，男方呆愣在原地，一臉眼神死的模樣，更是因為在公開場合被這樣對待而覺得有點羞愧，歐嘉妮這時候默默地將一條乾淨的毛巾送上去，她沒有開口說話，也知道自己這時候不適合講任何的話。

當毛巾呈現在自己眼前的時候，那男人愣了愣，轉身看向歐嘉妮那漂亮的深邃臉蛋，有點惱羞地將毛巾抽走，最後扔打在歐嘉妮的身上。

「妳在看好戲嗎？」他生氣的說。

那條被打在歐嘉妮身上的毛巾因為引力的關係，下一秒便掉落在地上。

男人起身，刻意撞了歐嘉妮一把，往咖啡店門口走去。

「等等。」一位身上穿著白袍的男人在咖啡店門口抓住他的手腕，「你跟你女友吵架，關這位店員什麼事？」男人指了指歐嘉妮，「向她道歉。」

當看清那白袍男人的臉時，歐嘉妮那平淡如水的眼神波動了一下，沒有想到竟然會是他。

蕭旻言只是來到美食街替自己買杯果汁，就撞見了這一幕，雖然他平常愛嘻笑，但見義勇為的事情他沒有少做，心中雖然也好奇歐嘉妮人怎麼會在這裡打工，可眼前最重要的事情不是這件事，而是眼前這個脾氣有些不好的男人。

「又關你什麼事了？」男人的語氣不太好。

「雖然我不想賣弄自己的身分，更不想用自己的身分來壓你，但你信不信我會讓你正在看診或是住院的家屬直接滾出這家醫院？」

「你——」男人愣住，這才發現對方是一位醫師，他悶哼了一聲。

「道、歉。」蕭旻言的聲音冷冰冰毫無溫度的，平常笑臉迎人的醫師，如今卻散發出冷漠，周圍一些認識蕭旻言的人不禁愣了愣。

男人心不甘情不願的對著歐嘉妮說聲對不起，然後趕快離開，而蕭旻言在一瞬間換上了笑臉，對著周圍的人說：「沒事沒事，大家虛驚一場，沒事的。」

他的目光不經意地與歐嘉妮對上，對方有點呆愣地看著他，反應過來後禮貌性地朝他點了一下頭，彎下腰將地上那塊毛巾撿起，轉身正要往後場走去的時候，她被蕭旻言拉住手腕。

「蕭醫師？」她納悶地看著他。

「歐嘉妮，妳人怎麼會在這裡打工？妳不是在當研究助理嗎？離職了？」這麼快？

「我沒有離職。」她回答，語氣冷淡。

「可是……妳知道醫院員工不能兼職嗎？」

「我有經過部主任同意。」她說。

此刻，外場那邊另外一位咖啡店的店員叫著蕭旻言，說他的果汁已經好了。

蕭旻言見歐嘉妮的態度依舊冷冰冰，他蹙了眉，直接問出口，「欸，妳是不是不喜歡我啊？」

歐嘉妮愣了愣，一臉不解的表情看著他，卻沒有說話。

蕭旻言摸了摸自己的臉，以及他的褐色頭髮，嗯，臉ＯＫ，髮型也ＯＫ。

轉頭看著歐嘉妮，她人臉上依舊沒有任何的表情，呆呆地站在那裡，動也不動的像在罰站一樣，而這家咖啡店的老闆原本要把歐嘉妮給叫到後場去的，但蕭旻言是常客，老闆理所當然的認識他，也就放任歐嘉妮跟蕭旻言講話了。

「蕭醫師怎麼會這樣想？」歐嘉妮歪頭，眼神平淡，宛如靜水。

「因為……」總不能直接說她對他態度冷淡吧？他自己也不知道自己是在糾結什麼。

明明跟外科部的大家都相處的良好，大家見到他都會熱絡地與他打招呼，怎麼就這個女生這麼與眾不同啊？雖然他接觸到各式各樣性格的人，其中也是有人冷淡，但起碼見到他都會泛起微笑啊！

「沒有，是我自己想太多。」蕭旻言摳了摳臉，自討沒趣，隨口說了聲再見後離開咖啡店。

歐嘉妮再度回自己的崗位上，過沒五分鐘，另外一個店員卻說：「蕭醫師怎麼走了？他的果汁沒有拿欸！」說著，他看向歐嘉妮，歐嘉妮眨眨眼睛。

「嘉妮，妳不是在外科部當研究助理嗎？妳跟蕭醫師認識，妳就拿過去給他，好不好？」

「啊？」她呆愣住。

「拜託妳了！」店員也不管她有沒有答應，直接將蕭旻言的果汁塞到她的手上，歐嘉妮看著眼前這杯熱水果茶，失神了好一陣子才離開咖啡店。

只是，她也不知道蕭旻言現在人會在哪裡啊……

想了想，她決定先到外科部的辦公室去看看。

繞了繞，好不容易走到外科部辦公室，甚至走到了住院醫師辦公室，卻沒有看到蕭旻言的人影，歐嘉妮遲疑了一會兒，看著每個辦公桌上都有著醫生的名牌，她決定把這杯果汁放在蕭旻言的辦公桌上。

蕭旻言的辦公桌上有些雜亂，一台小筆電擱在桌子中央，其餘的空間擺放著一堆英文文獻、醫學雜誌還有許多她看不懂的東西。

這人真認真。這是歐嘉妮看到他辦公桌時對他的評語。

繞過去，走進他的辦公桌裡面，將果汁小心翼翼地放置在上面，不小心瞥到了蕭旻言電腦桌面的照片，是他自己的照片。

這人真自戀。這是歐嘉妮看到他電腦桌面時對他的評語。

確認好後，歐嘉妮轉身離開外科辦公室，趕緊回到醫院美食街的咖啡廳裡面繼續工作。

當蕭旻言回到辦公室，看到桌上的果汁他才赫然想起自己忘了拿，沒想到咖啡店的店員挺貼心的，竟然會派人來幫他送果汁。

……嗯，不對。

會有外科部辦公室門禁卡的人就只有歐嘉妮了，百分之百一定是歐嘉妮替他送來的。

他盯著那杯果汁許久，吐了口氣，伸伸懶腰，看向時間，現在時間是晚上八點多，今天只是留下來將明天晨會要用的東西準備好，反正現階段的他毫無家室，家裡根本就沒有人等他回來，愛加班就加班，不加班也沒關係。

經過一段時間，好不容易將晨會的資料都準備好，他拿起一旁早就放冷的果汁喝著，最後腦中想到了在咖啡廳打工的歐嘉妮。

那家咖啡店十點才關門，這麼晚的時間，她一個女孩子是要怎麼回去啊？

偏偏自己感性大於理性，竟然都知道了歐嘉妮在那裡打工，總不能裝作不知道這件事吧？

他收拾好東西，脫下了身上的醫生袍，拿著公事包往咖啡店走去。

「蕭醫師，果汁在不久前已經請嘉妮幫你送過去了哦！」店員還以為他是要回來拿那杯被他遺忘的果汁。

蕭旻言點點頭，笑著，「有，我有看到了，你們真是用心啊！還會派人幫我送去辦公室。」一邊說著同時他邊往咖啡店裡面望過去，現在將近十點的時間，咖啡店裡早就空無一人，就連歐嘉妮的影子他也沒有看到，「那個……嘉妮呢？她走了嗎？」

「對，她在蕭醫師來的十分鐘前就離開了。」

蕭旻言應了聲，一臉苦笑的模樣，對他們說辛苦了，之後往醫院門口走去。

邊走的時候還邊罵自己是笨蛋，怎麼會有那種想要送歐嘉妮回家的想法在？他們不熟啊！講話的次數目前累積起來十次以內，他幹麼啊他？

雖然腦子這麼想，但禁不住內心的好奇，隔天蕭旻言在經過秘書辦公室的時候，探頭問了，「宇凡，妳知道為什麼歐嘉妮要在美食街的咖啡店裡打工嗎？」

「不知道欸。」曾宇凡回答。

「啊？但……醫院不是禁止兼職嗎？這樣好嗎？」

「有經過部主任同意，而且歐嘉妮挺乖巧的，不是那種會惹麻煩的人，雖然我問了她原因，她不肯說，可能家裡真的急需用錢吧，她看起來就是個孝順的女兒啊！說不定家裡遇到了什麼事情也說不定。」

蕭旻言盯著曾宇凡，想從她臉上讀出任何除了她口中說的任何消息。

曾宇凡說完後，見蕭旻言依舊不離去，她用原子筆抵在自己的下巴處，「旻言醫師，你怎麼會對嘉妮這麼感興趣啊？不只是上次，這次也問了有關她的事，你真的對她有興趣啊？」

「我？」他的眼神不由自主的漂移，「我哪有啊！妳、妳看錯了。」誰會對那位冰山美人有興趣啊？他才沒有呢！

這時候霍梓晨走來，看到蕭旻言在曾宇凡這裡，他蹙眉，看蕭旻言的目光帶了點不悅。

唉呦，有殺氣。

蕭旻言笑嘻嘻地閃躲著那帶有殺氣的視線，憨笑走出辦公室。

「他來幹麼？」霍梓晨問。

「沒幹麼，就只是問問嘉妮的事。」

「啊？」霍梓晨納悶，轉過頭看著蕭旻言剛剛離去的方向，「問她的事做什麼？」

「誰知道，我又不是他的蛔蟲。」

蕭旻言搔著頭，走回自己的辦公位置坐好。

對歐嘉妮有興趣？他哪有！哪有！哪有啊啊?!

可偏偏想到這一個月以來自己做的事情，不禁覺得自己蠢到爆，這些行為確實會讓人誤以為他對歐嘉妮有興趣。

摸摸鼻子，他再度用力搖頭，不知道第幾次說服自己要自己別想了。

對，別想了。

於是他開啟自己的電腦，打算收收電子郵件，看到有一封信是歐嘉妮寄給他的，他眨眨眼睛，以為自己看錯，揉揉眼睛，確定寄信者真的是歐嘉妮，他點了進去。

這封信的內容是歐嘉妮寄給蕭旻言的，目的是要跟他確定下一次實驗室開會的時間，歐嘉妮給了幾個時間，請蕭旻言從這些時間裡面中選出幾個他方便的時間，並請他回覆她這封信。

蕭旻言的手敲了敲桌面，原本選好了時間要準備送出信件的時候，他停下了這動作，接著把寫好的信件刪除。

他的嘴角微微翹起，因為他並沒有打算要回覆這封信，這樣一來，歐嘉妮肯定會自己找上他的吧？

果不其然，當經過了一星期的時間，蕭旻言在經過秘書室時，被曾宇凡叫住。

曾宇凡告訴他說歐嘉妮在找他，找他的原因是想知道他能夠參與實驗室開會的方便時間。

「這個嘛……」事情的發展超乎他的想像，原本以為歐嘉妮會自己來找他的，沒有想到竟然是透過曾宇凡這邊。

「嘉妮說她信已經寄了一個星期了，你沒有收到嗎？」

「可能……可能跑到垃圾信件去了吧？」他撒謊。

「罷了，你現在在垃圾信件找看看有沒有那封信，我十分鐘後要去實驗室送資料，順便幫你帶話過去。」曾宇凡邊說的同時手拿著一份資料夾，看蕭旻言的眼神有點像是在催促的意味。

「噢好。」蕭旻言有點不情願地拿出手機，點開了電子郵件，點開了那封信，正要回答曾宇凡的時候，還沒吐出的話語又立刻收了回來，他笑笑的抽走曾宇凡手上的資料，微笑地對她說：「我幫妳送過去吧！正巧我有事情找黃博士。」

「真假？」曾宇凡不疑有他，「那太感謝了，我今天事情有點多，正忙的抽不出身呢！」

「不謝不謝，妳忙吧。」蕭旻言朝她揮揮手，轉身就離開外科部辦公室。

輕聲來到實驗室的大門，蕭旻言先是拿出手機當作鏡子照著，確認自己的髮型沒有跑掉後，按了門鈴。

幫他開門的是管理師，阿清看到蕭旻言，轉身往黃博士在的方向叫著：「黃博士，你們外科的醫師找。」

黃博士一看到蕭醫師，微笑迎接他。

「這個是宇凡想拿給黃博的資料。」蕭旻言邊說，目光同時也在實驗室裡面環繞，實驗室裡面眾多的實驗器材與設備，有幾位穿著實驗衣的研究助理在做實驗，但他沒有看到歐嘉妮人。

「謝謝你，不好意思還讓你專程送來。」黃博士微笑的說，見到蕭旻言心不在焉地聽著，她問：

「請問……蕭醫師在找人嗎？」

「嗯對，那個……歐嘉妮在不在啊？」

「她今天請假，說家裡有些事情……」黃博士看著蕭旻言說，「對了，她有寫信詢問蕭醫師方便開會的時間，昨天她跟我說蕭醫師你還沒有回覆她，那我這邊就直接做詢問了，可以嗎？」

「可以啊！」蕭旻言只能點頭，拿出手機打開行事曆，給了黃博他可以的時間，最後帶著有點失望的心情離開了實驗。

等等！

不對啊！

這完全不對啊！

他是在失望什麼？都告訴自己對歐嘉妮沒有任何興趣了，他是哪根筋不對啊！幹麼一直想找歐嘉妮啊啊啊？而且就算找了她，他是要跟她說什麼啊？

但她是因為什麼事情而請半天假啊？家裡有事？家裡會是有什麼事情嗎？

等等！不對啊！他蕭旻言是腦子有洞是不是啦？

曾宇凡看到蕭旻言走進外科部辦公室的時候，臉上的表情一下沉思、一下子驚慌、一下子失措，不知道對方內心在上演著什麼小劇場，怎麼肢體表情可以一下子變換這麼多次而且又豐富？

「旻言醫師。」她叫住他，這讓蕭旻言頓時之間逃離自己的小劇場。

嗯，劇場閉幕。

「什麼事？」他微笑。

「你……你怎麼了？還好嗎？」曾宇凡猜想蕭旻言最近是不是因為壓力太大的關係而造就他看起來有點不正常的模樣。

「沒有啊！我非常好！」他裝作沒事地拉拉自己的醫生袍領子，順便調整一下自己的領帶，動了動脖子，一副神清氣爽的模樣。

嗯，這裡的空氣真是新鮮啊！新鮮到好像置身在山上一樣。

他在曾宇凡面前做了一個深呼吸，給了對方一個微笑後，往住院醫師辦公室裡面走進去。

曾宇凡看著蕭旻言那有點反常的行為，歪著頭，低頭繼續做自己的事情。

下午時間，歐嘉妮回到自己的老家，看到自己的母親正好端端地躺在床上，傳來均勻的呼吸聲讓她鬆了口氣。

一位年紀大約五六歲的小女孩走到她的身邊，「姑姑。」

「小晴。」這位小女孩是歐嘉妮哥哥的女兒，現在是由她父母親帶大。

雖然真的不想回到這個家面對母親，可是血緣關係牽著她，讓她不得不回來。

「嘉妮，出來吃點水果。」父親敲了敲門，歐嘉妮點了頭，又看了自己母親一眼，轉頭帶了小晴離開房間。

「沒事的，根本就不需要把妳叫回來，妳媽媽常上演這種八點檔的戲，只不過是安眠藥多吞了一顆而已。」父親說：「我倒希望她就直接一覺不醒，乾脆就不要醒來，這樣就不會再去賭博了，成天拿女兒的錢去賭博，真的是瘋子。」

歐嘉妮聽著自己父親對於母親的謾罵，沒有說話。

直到一小時後，母親醒了，二話不說直接打了歐嘉妮一掌，這掌直接火辣辣的摑在她的臉頰上，清脆的拍擊聲響起，下一秒她一邊的臉頰紅成一片。

母親態度惡劣地對她說：「我怎麼有妳這麼笨的女兒？金龜婿釣到了還放他走，妳這腦袋有毛病是不是？我們家缺錢啊！妳自己賺得是有多少？女人就是要靠男人養妳知不知道？」

「幹什麼？幹什麼？」父親出現將她們母女分離，「妳裝病騙嘉妮回來，就是要打她的嗎？為人母親哪有人像妳這個樣子？開口閉口都是錢錢錢，拿到錢卻通通拿去賭博，妳知不知道妳到底在做什麼？」

歐嘉妮摀著臉上的那片紅，眼神死死的看著自己的母親，毫無波光，像井底裡面長滿青苔的死水。

「我在教訓她笨！明明有個那麼有錢的男朋友卻要跟人家分手，怎麼？死腦筋啊？這麼丟臉的女兒真是敗壞我們歐家！」

「妳可不可以少說兩句?!」父親忍不住大喊。

這樣的聲音讓小晴忍不住大哭了起來，父親趕緊將小晴給帶出去，不讓她看到家裡的這副模樣。

歐嘉妮看著自己的母親，大聲嘶吼著：「那妳為什麼不戒掉賭博？為什麼不戒掉心情不好就喝酒的習慣？為什麼？我給家裡錢是要你們好好的養活自己、好好的養活小晴，結果妳幾乎拿去賭博，妳到底在幹麼？妳知不知道自己在做什麼？」她的聲音越來越大聲，「妳想要蒙羞小晴，讓小晴知道自己有個這麼愛賭博愛喝酒的奶奶嗎？妳想要讓小晴知道這個奶奶非常的愛錢，甚至叫自己的女兒跟那位常常劈腿的渣男繼續交往？說我有毛病，妳才有毛病吧？」

母親又是一巴掌打在她的臉上，歐嘉妮吃痛地忍著，最後奪門而出。

這就是她的家，破碎不堪稱不上是家的家。

她走到父親面前，從自己的口袋中拿出一個信封袋，裡頭裝的是這個月的薪水，「爸，藏好一點，不要再被媽給拿走了。」

父親顫抖的手接過，看著她，千言萬語都不知道怎麼開口。

「既然媽媽這麼討厭我，我以後……會少回家，錢之後我都用匯款的，每個月月初是我發薪水的日子。」歐嘉妮說：「你們好好照顧自己。」

「妳這不孝女！」此刻母親從房間走出來，對著歐嘉妮大吼，她手上拿著衣架，狠狠的直接打在歐嘉妮的身上。

「妳不准打嘉妮！」父親阻止她，將她兩隻手抓住。

歐嘉妮瞪著自己的母親，「我每個月都給家裡錢妳說我不孝？我一得知妳昏倒就馬上回家看妳妳說我不孝？哥哥的喪禮我處理的還不夠好嗎？妳說我不孝？妳到底還要我怎樣？」

「不孝女！」母親作勢又要毆打她，可被父親緊抓著手。

他對自己的女兒說：「好了，嘉妮妳趕快走！改天我再帶小晴去看妳。」

歐嘉妮點頭，目光又再度看著自己那接近瘋狂的母親，咬著下唇，最後她離開了這個家。

每一次的回來都是這麼的痛苦，她真的很不想回來。

摸著被母親毆打的傷口，她不覺得痛，但心很痛是真的。

看著機車上的後照鏡，她的臉頰被母親打得紅腫，連嘴角都在流血，恍神地看了一陣子，最後她跨上機車，發動車子隨即離開這個她討厭的地方。

要是哥哥當年沒有死，這個家也不會變成這樣子，母親也不會變成這麼瘋狂。

這天回到租屋處的時候已經是晚上九點多，她在醫院附近為自己租了一間小套房，走路到醫院約莫只要十分鐘的時間而已，站在鏡子中看著自己臉上的慘樣，她估計明天應該會被同事問東問西的。

因此，隔天她戴著口罩去上班，可悶了一整天的傷口顯得癢，偷偷的在廁所中拿掉口罩，她簡單為自己上了藥膏，之後再重新戴上口罩。

「嘉妮，這個啊！麻煩妳幫我交給宇凡，請她給部主任簽名。」黃博士給了她幾份文件請她幫忙。

歐嘉妮點點頭，拿起文件起身離開實驗室。

走進外科部辦公室，卻見到宇凡的辦公室門深鎖，她想她應該是暫時離開位置，有可能去跑公文，也有可能去幫部主任買東西，見到這一長條的走廊上都沒有任何的人影，歐嘉妮遲疑的幾秒鐘，最後將臉上的口罩給拿下，想讓傷口透氣。

豈知，才拿掉不到一分鐘的時間，外科部辦公室的大門應聲而開，進來的是兩位外科部的醫師，歐嘉妮下意識的直接把口罩戴上，低著頭，不想與他們對上眼，最好裝作若無其事的擦肩而過，她不想要與人有交集。

「妳找宇凡嗎？」男人的聲音在她頭頂響起，歐嘉妮抬頭對上他的眼，她記得這位是霍梓晨醫師，跟蕭旻言一樣是住院醫師。

「是。」她回答。

「她今天請假，是有資料要交給她嗎？」霍梓晨眼尖的發現她手上拿著的資料夾。

歐嘉妮點點頭，「對，要給部主任簽名的。」

「妳可以放在這裡。」霍梓晨指著不遠處的公文收發處，「上面記得標註人名，給宇凡，這樣她明早看到就會懂了。」

歐嘉妮再度點頭，跟這位有點冷漠但卻幫到她的醫師道了謝。

霍梓晨轉身轉開住院醫師辦公室的門，一打開門看見蕭旻言的雙腳直率的放在辦公桌上，他微微蹙眉，對於他這樣的豪邁坐姿感到無言，好歹這裡也是工作的地方，他真的把這裡當作是自己家啊？

接受到冷凍光波的攻擊，蕭旻言笑了笑，將雙腿給放下，「我在拉筋。」也不知道是真的，還是在胡扯。

霍梓晨沒有說話，想回到自己的座位上坐好，卻又突然想到什麼事情似的盯著蕭旻言看著。

「我聽宇凡說……你對那位新聘的研究助理有興趣？」

「你說歐嘉妮嗎？哪有啊！我哪有對她有興趣。」現在是怎樣？為什麼周圍的一堆人都一直認為說他對歐嘉妮有興趣啊？

他根本沒有好嗎！

只是好奇，對，就是好奇而已，好奇一個漂亮的女孩子怎麼整天擺著臭臉，有這麼厭世嗎？這世界上還是有很多美好的事物等著她去探索啊！

「所以是沒有？」霍梓晨想確認。

「沒有啊！小小助理一個，然後又不是我喜歡的類型，我怎麼會對她有興趣啊……」他玩著自己的領帶。

「嗯。」霍梓晨沉著臉，抿了一下唇，「她人現在在外面。」

蕭旻言瞪大眼睛，下一秒放開自己的領帶，「真假啊？」

「真……」霍梓晨話都還沒說完，蕭旻言就從座位上起身，匆匆的往門口奔過去。

留下霍梓晨一臉無語地看著那沒有被蕭旻言關好的門，心中無限個問號。

……剛剛不是才說對歐嘉妮沒興趣嗎？

蕭旻言一打開住院醫師辦公室，果真看到歐嘉妮站在公文收發處那裡，低著頭不知道在寫什麼，他往她的方向走去，直接站在她面前，藉此讓她注意到他。

「歐嘉妮。」蕭旻言叫她的名字

歐嘉妮聞聲微微抬起頭，口罩遮住她三分之二的臉，只剩下大大的深邃眼睛露在外面，她點了點頭，很客氣的說：「蕭醫師，你好。」

蕭醫師？這個稱呼讓他有點不滿意。

「那個……不要這麼生疏，可以叫我旻言就好，大家都這麼叫我的。」

歐嘉妮眨眨眼睛，一臉納悶，她明明就看過黃博士也是叫他蕭醫師的，哪有他口中所說的『大家』？

「妳感冒啊？為什麼要戴著口罩啊？」

「就……嗯，有點感冒。」她撒謊，跟眼前這位醫師不熟，撒點謊對她來說也無所謂。

「那妳有沒有看醫生啊？醫院員工看診可以打折欸！我可以推薦妳幾位比較細心的醫生，不然我覺得很多醫生看病人都很草率。」

「那個……我不用看醫師沒有關係，只是小感冒而已，會自己好起來的。」

「不行不行，妳現在在醫院工作，妳知道醫院裡面有多髒嗎？一堆病人肯定一堆病菌的，所以妳要趕緊去看醫生啦！」

歐嘉妮無語地看著他，她不懂為什麼眼前這位醫師這麼熱情，她跟他又沒有很熟啊……

「來，我幫妳查到了，醫院裡面有個叫吳〇〇的醫師，他看病人很細心，我很推薦他。」

歐嘉妮敷衍似的點了頭，說了聲謝謝。

「嘿嘿嘿，他是我大學的學長啦！」

「……嗯。」

見到歐嘉妮冷淡的回應，蕭旻言有點失措，到底是怎麼一回事？他的魅力真的下滑了是嗎？這是自從他遇見了歐嘉妮後不斷問自己的問題，卻始終沒有得到任何答案。

「嘉妮，我問妳一件事情。」

「什麼事？」

「妳覺得我的顏值怎麼樣？一到十分妳給個分數吧！」他非常不要臉的開口問，邊問還邊摸摸自己引以為傲的臉。

開玩笑，他可是有在保養的哦！每天晚上睡前都會敷面膜呢！

「啊？」歐嘉妮一臉奇怪的表情看著他，不懂為什麼他要問她這麼問題。

什麼啊？

「妳就當作幫同事個小忙啊！我有報名選美比賽，還記得嗎？我之前有跟妳提過的。」

「……記得。」

歐嘉妮簡短的回答後隨即句點，一臉不解地看著蕭旻言，她不懂他到底是要做什麼？

「那妳覺得幾分啊？」

歐嘉妮垂下眼睛，心不在焉的回答：「九分。」現在她只想趕緊離開這裡，雖然不懂蕭旻言為什麼會叫住她，但她真的不想久留。

「差一分就滿分，那妳覺得這一分是差在哪裡？妳說說，給個建議或許我可以改進。」

歐嘉妮無語地看著他，嘆口氣，「好吧，我給十分。」

見到對方因為回答不出來而改口，蕭旻言嘟著嘴，「不行啊！這樣就不準確了啊！分數就是要第一次給的分數才準，妳就說說我這一分是差在什麼地方？」

歐嘉妮盯著他，又沉默了一陣子，最後說：「如果不要太吵，話少一點，應該可以得十分吧？」

太吵？

蕭旻言頓時之間語塞，好像有幾片落葉打在他身上一樣的滄桑感，又或是黑暗中一盞燈打在他身上，顯得著他孤零零的悲哀。

她覺得他很吵？

「蕭醫師，如果沒有別的事情的話，我要回實驗室去了……」歐嘉妮說，說完便有要離開的動作，蕭旻言拉著她的手腕，用有點疑問的語氣說：「所以嘉妮，妳覺得我很吵？是嗎？」

該怎麼形容他現在的感覺呢？老實說，有點傷心啊！她怎麼可以這樣說他呢？

「……是有一點。」歐嘉妮說。

「所以，妳的意思是如果我話變得少一點，對妳來說，我就是滿分了？」

歐嘉妮愣了愣，「蕭醫師，我口頭上有沒有給你滿分，有什麼影響嗎？你所說的選美比賽不是給分數，是全醫院的員工都會投票的啊！」

「啊……就……」蕭旻言頓時之間也回答不出來，是啊！她說的沒有錯，她口頭上有沒有給他滿分，是會影響到他什麼啊？

鬆開了手，他有點失落的表情。

歐嘉妮盯著他，「如果沒有什麼事情的話，我……我就回實驗室了哦……」

「嗯，啊對，妳記得去看醫師哦，我會先幫妳跟大學學長打招呼的，早點就醫，比較快好，避免變嚴重。」

歐嘉妮眨眨眼睛，本來想說什麼的，最後止住，「好，謝謝你，蕭醫師。」

又叫他蕭醫師？

蕭旻言這三個字明明就很好聽，幹麼叫這麼生疏啊啊啊？

第四章

醫院舉辦的選美比賽是利用臉書粉絲專頁上面的讚數來當作投票方式，參加者會到形體美容中心進行拍照，拍照的時候還需要拿一些小物看板，這些看板上面會寫一些關於形體美容中心的詞，參賽者拍完照後，需要將照片上傳至粉絲頁並且公開分享此文，就是報名成功了。

報名成功的參賽者會開始宣傳自己，請身邊的朋友投票，最後在截止日後看哪個參賽者的讚數最多，就是第一名。

而蕭旻言根本就沒有替自己宣傳，粉絲專頁的人就很主動的幫他做宣傳了，一傳十、十傳百的，搞到最後就連外科宋部主任也知道他參加選美比賽，還笑笑地說這人肯定穩贏的。

曾宇凡聽到部主任的讚賞，笑了笑，但心中無言至極。

果真，在眾所期盼以及護理師們大力宣傳之下，最後蕭旻言得到了第一名的成績。

頒獎典禮當天結束，蕭旻言從院長手上拿到了獎盃，以及獎金一萬元現金，他慷慨的請所有的外科部同仁吃午餐，不僅所有的主治醫師跟住院醫師，也叫了所有的護理師跟實驗室人員來。

大家替他慶祝著，讓他覺得好開心、好光榮。

午餐是叫炸雞跟披薩，食物通通擺在他們常開會的會議室桌上，每個人邊吃著食物邊聊著天。

歐嘉妮被黃博士拉著出現，一個人默默的站在角落喝著玉米濃湯，面對這些香噴噴的炸雞跟披薩，她沒有想吃的慾望，如今她臉上的傷口已經消失了，臉終於能夠透氣，終於能夠露出她美麗的臉蛋。

蕭旻言當然早就注意到歐嘉妮的身影，但他沒有直接過去找她，還是如往常一樣熱絡的與其他同仁們互動，大家談笑風生，甚至互相開起玩笑。

「霍梓晨，你跟宇凡都交往一年多了，什麼時候求婚啊？」

問完這個問題後接收到一個冷眼，蕭旻言攤手，湊近，「是不知道怎麼求婚嗎？我可以教你哦……嘿嘿……」

「你管好你自己就好。」霍梓晨冷冷地說。

「管好我自己？我又沒有對象啊！你開的玩笑真好笑啊，哈哈……」

「沒有嗎？」霍梓晨說著的同時，目光緩慢的朝著歐嘉妮的方向望過去，歐嘉妮在喝完玉米濃湯後，一個人站在角落那裡吃著巴掌麵包。

從剛剛到現在，只有幾個護理師過去與歐嘉妮說話而已，歐嘉妮因為個性的關係，本身內向安靜，不喜歡與人打交道，見到有人靠近只是點頭微笑而已，也沒有刻意與人攀談，所以大多的時間她都是默默吃著東西。

「沒有嗎？」霍梓晨又問了一聲，在蕭旻言的眼中他看到了一點挑釁。

蕭旻言頓時之間無言了幾秒鐘，笑說：「本來就沒有，我現在是黃金單身漢呢！」邊說的同時邊撥了一下頭髮，還學小丸子裡面的花輪，說了一句：嗨！寶貝。

霍梓晨用厭惡的表情看著他，很想送他一個白眼，垂下眼想了想，轉身拿了個空盤，上面放了片披薩，往歐嘉妮的方向走去。

「欸欸，你要幹麼？」蕭旻言擋在他面前。

「關心新同事。」霍梓晨緩慢回答。

「哪位新同事？」蕭旻言並不知道這聲回答充滿了敵意。

「歐嘉妮啊！」

「不需要你來，這件事情應該是我自己來，拜託！選美比賽得獎的是我，又不是你。」蕭旻言非常幼稚的搶走霍梓晨手上的那盤子，又非常幼稚的給了他一個挑釁的眼神，轉身往歐嘉妮的方向走去。

霍梓晨將這一切看在眼底，不自覺地笑了出來。

蕭旻言走到歐嘉妮的身邊，微笑的與她打聲招呼，「嗨，嘉妮。」

歐嘉妮下意識站起身離開位置，很有禮貌的朝他點了頭，「你好，蕭醫師。」

蕭醫師？又是這生疏的稱呼，是怎樣？她跟他有這麼不熟是嗎？

「有沒有吃飽啊？」他問。

「有，我吃很飽，謝謝你招待。」

好吧！蕭旻言他是該慶幸一下，一開始見面歐嘉妮都是用『您』來稱呼他，現在變成了『你』是表示關係有拉近了吧？但到底什麼時候才肯叫他名字啊？

「我買了很多食物，妳可以儘量吃沒有關係。」他再次微笑，邊說著，邊將手上剛剛從霍梓晨那邊搶來的披薩遞到歐嘉妮的面前。

歐嘉妮愣了愣，下意識地搖頭，「謝謝，但我吃飽了。」

「妳吃飽了？」

剛剛就一直偷偷注意，這女人只喝了一碗玉米濃湯跟一小塊的巴掌麵包而已，這就叫做吃飽了？小鳥胃啊？這隻小鳥也太小隻了吧？

「嗯，我吃飽了。」歐嘉妮再次回答。

「妳食量這麼小啊？」蕭旻言看到她瘦巴巴的身材，不自覺地搖搖頭，硬是將手上的食物塞在她的手裡，「女生太瘦不好看，我喜歡胖一點的。」

「啊？」歐嘉妮納悶。

他喜歡胖一點的關她什麼事了？

不想再多問，感覺若不收下食物蕭旻言肯定又開始煩個不停，這是歐嘉妮對他的印象，蕭旻言就是個很吵又有點叛逆又有點像小孩子的醫師。

原來這樣子的人也可以當醫師……

歐嘉妮不願意再多想，拿起手上的披薩開始小口小口的吃起。

見到她願意吃的那一瞬間，蕭旻言滿意的點點頭，感動到差點連淚水都流出，抬眸卻看到不遠處霍梓晨跟曾宇凡兩個人的目光一直停留在他身上，用種有趣的眼神看著他，這對鴛鴦從剛剛開始就一直注意他嗎？

他板起臉孔，看著歐嘉妮說：「妳多吃一點哦！今天這裡若有食物剩下，我會很麻煩的。」

「……好。」

然後他瀟灑地離開歐嘉妮的身邊，轉而去找別的同仁聊天，因為他不想被霍梓晨誤認為他對歐嘉妮有意思，就說沒有了嘛！這人是怎樣啊啊？

雖然跟其他的住院醫師聊著天，可是他的目光卻還是偷偷地注意歐嘉妮，他發現她將手上那披薩吃完後，又去拿了同個口味的披薩，看來這霍梓晨替她選的披薩很合她的胃口。

……嘖，竟然是霍梓晨選的。

吃完了兩片披薩，歐嘉妮是真的飽了，她一個人默默的坐在角落的椅子上，失神的看著大家。

不得不說，外科部每個人的感情都很好，就像個大家庭一樣，是啊……『家』，所謂的『家』。

一想到家裡的事情，歐嘉妮不免感傷起來，因為哥哥的過世，讓母親非常的痛恨她，讓她有時候會想著：既然媽媽這麼喜歡男生，重男輕女的觀念這麼重，那為什麼不在當初發現她是女生的時候就去醫院墮胎掉？又或是，在她睡覺的時候掐死她算了，這樣一來她就不用面對現在這些痛苦跟傷害了。

想到這裡，她的眼睛凝出一層薄霧，讓她無法看清眼前的事物。

她抬起手，悄悄的擦了擦眼淚，裝作若無其事的模樣。

可這畫面偏偏被蕭旻言給捕捉到，他沉下臉，原本嬉鬧的表情變得凝重，若說歐嘉妮是因為食物太好吃而感動流淚，他肯定打死都不相信。

到底是怎麼了？

他現在好想衝到她身邊去問，可是，她曾經覺得他有點吵，顧名思義就是覺得他有點煩吧？

唉，想不到堂堂蕭旻言蕭醫師，竟然會被嫌吵？

蕭旻言有點不悅，轉過頭裝作沒有看到這畫面，拜託，不要搞得他很在意她好嗎？他才沒有在意呢！他沒有在意他沒有在意他沒有在意！！

閉上眼睛，睜開眼，赫然有一位護理師與他對上眼睛，他挑眉，並且眨了眼睛，勾起笑容，那名護理師害立刻羞得微笑起。

是不是?!這是正常女人對他的反應啊！歐嘉妮她不正常啊！

他終於找到原因了，不是他蕭旻言的魅力下降，而是歐嘉妮是個不正常的女人！是的，這就是原因了！

他走到那名護理師的身邊，「有吃飽嗎？」

「嗯，有啊！謝謝招待。」那名護理師微笑。

「不會不會，我才要謝謝大家把票投給我。」他再度泛起微笑，指著食物說：「要記得吃飽一點，等等才有體力跟病人奮戰。」

「旻言醫師，真的謝謝你欸！你人真好。」

是不是？他人真好啊！

目光偷偷的往歐嘉妮的方向望過去，卻發現她早就不在角落那裡了，蕭旻言環繞四周，都沒有看到歐嘉妮的影子。

「旻言醫師，你在找誰嗎？」眼前的護理師詢問，順著他的目光望過去。

「喔，沒事啦！我沒有在找誰。」

蕭旻言心中嘀咕著：這個歐嘉妮，走的時候不會跟他講一聲嗎？好歹他是這場活動的主人欸！不對不對，他才不會在意這些呢！只是小小的助理，有什麼了不起的？

另一方面，歐嘉妮回到實驗室自己的座位上，發現剛剛沒攜帶的手機有著未接來電，是家裡電話。凝視著自己的手機，她正猶豫著要不要回電，不可能是母親找她吧？那會是父親嗎？父親找她有什麼事情呢？

她回想起自己在前幾天已經把這個月的錢匯給了父親，有在猜是不是因為錢的數目有點少，所以家裡打電話給她？

搖搖頭，她最後決定沒有要回電，不論是什麼事情，只要牽扯到家裡的事情，對歐嘉妮來說，壓力是無比的大，只會讓她煩躁，不會讓她開心。

撐過下午的時間後，終於到了下班時間，歐嘉妮簡單的在美食街買了晚餐，用過晚餐後走向要打工的咖啡店。

她冷淡的與咖啡店的員工打聲招呼，套上店裡的圍裙後，開始工作。

對她來說，她想一直忙碌，藉由忙碌除了可以賺錢，也可以清除腦中那些煩躁，讓她不會再有多餘的時間來煩惱那些根本就解決不了的事情。

晚上的時候，蕭旻言正在猶豫要不要進入這家咖啡店買果汁，他肯定歐嘉妮現在在裡面打工，可他要自己別再注目她，所以非常猶豫要不要踏入。

偏偏美食街就只有兩家飲料店，另外一家許多地雷，難喝的飲料一堆，蕭旻言他還是喜歡來這家飲料店買果汁。

唉，到底要不要進去啦？

堂堂一位蕭旻言醫師，如今獲得到醫院選美比賽第一名，可是現在卻站在咖啡店門口苦惱著這一點都沒有意義的問題。

他真的是有病。

抿著唇，他搖頭，要自己別再想了，直接帥氣的踏進咖啡店裡面，對著店員說：「我要一杯現打奇異果汁。」

「好的，蕭醫師，請稍等。」裡頭早就認識他的店員對他說，說完拿起一邊的塑膠杯，上面寫了幾個字，然後轉交給裡面的人去製作果汁。

「蕭醫師，跟您收五十元哦。」

「嗯。」蕭旻言從口袋中拿出一枚五十元硬幣，交給店員。

他能感受到來自咖啡店裡各個角落的視線，嗯哼，對於這些注目他早就習以為常，開玩笑，他可是醫院男神蕭旻言呢！走到哪裡都能有人注目，這是正常的世界，世界就是要因為他而轉動。

等待的同時，他低頭滑著自己的手機，突然間聽到了店員叫著：「嘉妮，桌子去擦一下。」

原本滑手機的動作停止了，原本要抬頭的時候，他突然停止了這動作。

哼，他才不要理她呢。

「好，我馬上去擦。」果真是歐嘉妮的聲音，該怎麼說呢？歐嘉妮的聲音聽起來有點低沉，不像一般女生那樣子來的細膩，若她去唱歌，應該會很好聽才對。

她的聲音有點像一位女歌手，咦？歐嘉妮會不會是原住民啊？她皮膚不白皙，有點麥色……

蕭旻言愣了一下，趕緊將腦中的思緒通通都趕出腦子外面，到底是怎樣？他病得不輕是不是？成天一直想歐嘉妮的事情，幹什麼啊？他有病啊？

此時他的飲料製作好了，蕭旻言接過飲料，微笑的對店員說了聲謝謝，最後轉過身豪邁的離開咖啡店。

很好，就是這樣子，他沒有必要再去想歐嘉妮的事情。

因為他們，就是兩個平行線嘛！平行線是永遠都不會交疊一起的。

蕭旻言這樣告訴自己。

自此過後，他要自己不要再去想歐嘉妮的事情，雖然一開始有些做不到，但漸漸的他已經不會再去在意歐嘉妮這個人。

一位住院醫師，一位研究助理，本來就很少會碰到面，只要不要刻意製造出會見面的動作，根本就完全毫無交集。

約莫過了三週的時間，接近實驗室一個月一次的會議的日子，這一天，蕭旻言匆匆的從開刀房離開，身上穿著是綠色的開刀服，他來不及換下，就這樣直接走進實驗室裡面。

在場的人已經都到齊了，部主任因為他的遲到唸了幾句，開會隨即開始。

蕭旻言看向歐嘉妮，第一覺得好久不見，第二怎麼覺得她瘦了？是沒有好好照顧自己的身子嗎？

歐嘉妮順利的報告完自己的實驗數據，黃博士與兩位主治醫師開始討論起，蕭旻言則是腦袋有點放空的聽著，可乍看之下是認真的聽，實際上這些討論的內容左耳進右耳出的，真正聽進去的沒有幾成。

「旻言，不然這整個實驗結束後，你來撰寫文獻，我看你也挺閒的。」部主任這樣對他說。

蕭旻言僵住臉，有些懊惱的表情，「那個……主任，我沒有很閒啊……我在準備考試……」

「抽時間出來寫肯定可以寫得完啊！」

「但是我……」但是他懶得寫啊！

正要說什麼話的時候被林醫師給搶先，兩人又開始聊些學術上的事情，蕭旻言顯得無聊，目光往歐嘉妮看過去，在下一秒鐘赫然與她對上眼睛。

歐嘉妮有些訝異，但很鎮定的朝他點了頭。

直到大家都一一離開會議室的時候，蕭旻言好奇的問歐嘉妮：「嘉妮，妳是不是變瘦了？」

歐嘉妮搖搖頭，「我沒有。」

其實是因為這幾週長時間工作的關係，讓她的身子有點疲累，因為疲累而無法好好下飯，因為沒有好好吃飯而沒有什麼體力，前幾天還不小心在醫院昏倒，好在當時人是在醫院裡面，很快的就有人來幫助。

「有吧……妳很明顯的就消瘦下去啊……」

「蕭醫師，可能是因為你太久沒看到我，所以才會有這錯覺在。」歐嘉妮回答。

歐嘉妮這樣子的語氣顯然不想繼續與蕭旻言對談，這陣子不斷面對同事的慰問與關心，紛紛關心她為什麼要讓自己這麼辛苦？為什麼除了本業的工作外還要去咖啡廳打工？為什麼這麼缺錢？是不是家裡發生什麼事情了？

歐嘉妮本身就是個不喜愛與他人談起自己家裡的事情，她真心覺得這樣的關心很煩躁。

就不能放任她一個人自生自滅嗎？在公司裡面她不需要跟任何人有交情在，她只要做好自己應該盡的義務與工作內容，這樣就好了，為什麼要問她這麼多事情？

「那就是錯覺吧。」蕭旻言淡然地說，這樣的反應讓歐嘉妮有些愣住，忍不住抬眼看向他。

下一個瞬間馬上與他對上眼，歐嘉妮再度愣住，隨即撇開視線，裝作這一切都沒有。

這幾個日子好不容易讓蕭旻言養成了一個不要再這麼在意歐嘉妮的習慣，他也確實做到了。

嗯哼，他對自己蠻有信心的，既然歐嘉妮不喜歡太煩的人，那他就不要煩她吧。

當蕭旻言踏出會議室的那一瞬間，歐嘉妮凝視著他的背影，好一陣子都沒有抽離目光，就算蕭旻言的背影消逝了，她的目光還是停留在那。

而這個帥氣背影的主人，手摸著下巴，嘴角翹起。

怎麼？他剛剛的離開有很帥氣吧？哈哈哈哈……

秉持著非常幼稚的心態，就這樣容易自我滿足，他低頭看了自己的手機，有訊息問他會議結束了沒有，請他過去開刀房那裡。

於是蕭旻言趕緊往開刀房的方向走去。

約莫幾個小時過去，當蕭旻言開刀房走出的時候，他有點疲累，想在離開公司前去為自己買杯果汁。

沒有錯，又是歐嘉妮打工的那一家咖啡廳。

蕭旻言遠遠就看到歐嘉妮站在點餐服務區那裡，平常都看到她在擦桌子或是送餐點，怎麼今天在服務區啊？

「您好，請問要點些什麼？」歐嘉妮問，臉上沒有任何一點笑容。

蕭旻言看著她，緩緩地說：「跟以前一樣，妳曾經幫我送過飲料到我的辦公室，應該知道我都點什麼吧？」

歐嘉妮瞬間無言，蕭旻言的這問題根本就考倒她了，她沒事怎麼會記住蕭旻言的喜好呢？她根本不知道。

「我不知道。」她老實說。

「喔……」蕭旻言聽了有點失望，這個小妮子眼中真的完全沒有他的存在欸……她到底……不對，早就已經得出一個結論了，那就是歐嘉妮不是個正常的女人。

罷了，天涯何處無芳草，是吧？

「奇異果汁，完全去冰。」

「好的，跟您收五十元哦。」

「嗯。」蕭旻言掏出早就準備好的五十元硬幣，放置在她的手上，手指輕微的接觸到她的手掌，她掌中傳來的溫度有點低。

「請您稍候一下，等等注意叫號。」歐嘉妮將發票及號碼牌給他後，蕭旻言自動地往一邊等餐區走。

「您好，請問要點些什麼？」歐嘉妮繼續服務下一位前來的客人。

「我想點妳的笑容。」

歐嘉妮頓時間無言以對，蕭旻言也是，可是兩人心裡的想法完全不一樣。歐嘉妮滿臉無解的看著眼前這位奇異人士，心中滿是無奈，可蕭旻言呢？心裡澈底的唾棄起這個爛方法，什麼點妳的笑容？幼稚！白癡！無腦啊！

想搭訕正妹，回去練個一百年再回來好不好？簡直丟盡全天下男人的臉！

「客人，不好意思，請問您要點什麼？」歐嘉妮的反應平淡，她沒有失措也沒有驚慌，從學生時期打工就遇到不少奇怪的客人，有些客人直接搭訕她，有些客人會跟她要電話，這些她早就習以為常了，也都知道該怎麼處理。

見到歐嘉妮反應這麼平淡，那位客人也有點驚慌，看起來是新手，而且技術爛到爆，蕭旻言才剛這麼想，那個客人就轉身臨陣脫逃了。

嘖嘖，太遜了太遜了。蕭旻言忍不住要搖搖頭。

「蕭醫師，您的奇異果汁來了。」沒有多久，歐嘉妮叫住蕭旻言，將他的飲料遞給他。

「謝謝。」蕭旻言接過飲料，忍不住問：「妳常常被搭訕嗎？」

「沒有。」她回答。

「有吧？怎麼可能沒有？看妳的反應就是那種常常被搭訕的反應啊！一般女生都會被嚇到或是害羞吧？」

歐嘉妮沒有說話，抿著唇。

「還是他們的方法太爛了，無法打動妳？」

「啊？」歐嘉妮愣住，一臉不解。

「真是遜爆了。」蕭旻言說：「我來示範。」

「啊？」

「聽著哦！是示範。」

蕭旻言將手上的奇異果汁放置在一旁，他一手抵著桌子，拉近與正站在服務台區的歐嘉妮的距離，「妳知道世界上最幸福的數字是什麼嗎？」

「我是要回答你嗎？」她納悶。

「當然啊！」他理所當然的點頭，並且有點催促的意味，「快點。」

「我不知道。」

「不知道？」蕭旻言的聲音故意高昂，「那就由我來告訴妳吧，是『五』。」說著，他在她面前攤開手掌，比出『五』。

歐嘉妮眼神淡然地看著他，「我是要問你為什麼嗎？」

「對，妳要問為什麼。」

輕吐了口氣，她問：「為什麼是『五』？」

蕭旻言故意咳了咳，裝起神祕感，「妳比出五。」

歐嘉妮聞言伸出手比出了五，蕭旻言見狀伸出五指扣攏住她的每根手指，他對她微微一笑，露出牙齒，「這樣有感到幸福嗎？」

歐嘉妮愣住，屬於蕭旻言的溫度從他的掌心一點一點的傳來，溫熱的大手包覆著她的小手，究竟有多久沒有這樣的溫暖牽著她了？她一時之間失神了，目光淡然地看著那隻被緊扣住的手，連掙扎也沒有，就那樣一動也不動的。

蕭旻言本以為歐嘉妮會有反應的，最不好的反應就是掙脫他的手，或許會送他一個冷眼，或是一個毫不留情的白眼，總不可能會是害羞低頭的反應吧？她是歐嘉妮，是那樣的冷豔啊！

可是怎麼她遲遲沒有什麼反應，沒有掙脫也沒有吐槽他，她好像沉浸在自己的世界裡面，思緒不知道飄去了何方。

「欸，歐嘉妮。」蕭旻言喚著她的名字，下一秒歐嘉妮微微睜大眼睛，楞然的看著她。

「妳……在發呆？」他是在示範如何搭訕她欸！她竟然在發呆？她竟然在她撩她的時候發呆失神？他做人是有多失敗啊？

「我……沒事。」歐嘉妮抽回她的手，目光不自覺地閃躲一下，見到檯面上被蕭旻言放置的那杯奇異果汁，她將奇異果汁推到前面，「蕭醫師，你去忙吧。」

蕭旻言接過，一臉欲言又止的表情，眨眨眼睛，厚著臉皮問，「我這搭訕手法如何？給個分數吧！」

歐嘉妮一臉無言地看著他，不知道要回答什麼。

「說話啊！」蕭旻言說：「妳應該感到榮幸被我這位外科部男神撩，這醫院有多少個女人想被我撩啊？」

歐嘉妮還是一臉無言，拜託，他又沒有拜託他撩她，而且對於搭訕她一點興趣也沒有。

「算……還可以吧……」她垂下眼，顯得心不在焉。

「還可以？」蕭旻言聽到這樣的關鍵字，用力地眨眨眼睛，突然覺得有那麼一點點的成就感，好像身心比較沒有那麼受創了，之前覺得身心受創都是歐嘉妮這位冰山美人害的，動不動就發動冷凍光波，啵啵啵啵的，攻擊力實在強，他覺得醫院根本就不需要開冷氣，只要歐嘉妮在，保證低溫環境！

「嗯。」簡單明瞭的一個單字，歐嘉妮見到剛好有一位客人前來，再也不理會蕭旻言，淡笑著對那位客人說聲歡迎光臨。

蕭旻言就這樣被丟到一旁，有點不甘心的看著歐嘉妮，好歹也對他說一下話吧！道別也是可以的啊！有沒有這麼沒有同事愛啊？

想到這，他不免因為疲累打了聲哈欠。

算了，趕緊回家睡覺休息比較實在，美容覺對他來說非常非常的重要，他可不想讓自己加速老化啊！自由基很恐怖的。

下定了這個決定後，蕭旻言拿著奇異果汁趕緊離開，歐嘉妮悄悄的抬眸看著他離去的背影，低頭看著自己剛剛被握住的那隻手，好像……有什麼東西不一樣了。

她是不是……不要應該把自己的心門鎖得這麼緊，偶爾接受其他人給予的溫暖微笑呢？

第五章

縱使裝作若無其事，可不得不承認，當時歐嘉妮在面對蕭旻言的燦爛笑容時，心跳突然少了一拍，臉似乎也有一點麻木。

她是知道蕭旻言顏值高，除了俊俏帥氣的外表，又有著幽默詼諧的個性，在友情上自然是許多人會喜歡的對象，至於愛情呢？可能也是蠻多人愛慕或是偷偷喜歡的對象吧。

這些事實，歐嘉妮一直是知道的，所以當醫院的選美比賽結果一出來，她並沒有意外蕭旻言會得到第一名。

他有的是許許多多的友情，又何必找她呢？這麼多的友情，多了一個她、或是少了一個她，對蕭旻言來說沒有什麼太大的影響吧。

歐嘉妮習慣了寂寞、習慣的孤單，習慣了一個人。

感情上，包含友情、親情與愛情，只要付出了真心，就是給予對方傷害自己的權力，這傷害會像一把銳利的刀一樣，毫不留情地往心臟處用力砍下，血噴得到處都是，除了瀰漫著濃厚的血腥味，也帶出了痛不欲生的痛苦，這痛苦是折磨，日日夜夜像夢靨一樣的影響著，難以逃離……

歐嘉妮在外科辦公室送完文件後，目光無意識的停留在住院醫師的辦公室，歪著頭，停頓了一秒鐘，最後離去。

好像自從手掌接觸到那溫暖的一握，她心態就有點受到影響了。

她承認她渴望著有人給予她溫暖，友情也好，愛情也罷，但她不敢奢求。對她來說，一個人挺好的，不用顧慮太多也不用思考太多。

這天晚上在咖啡店打工，她拿著抹布擦起桌子，當擦到第三桌的時候，她聽到了一陣熟悉的嗓音。

「奇異果去冰。」是蕭旻言。

當聽到他聲音的時候她的手停頓了一下，下意識地想轉過頭去看他，可又想了想，對自己說還是不要有這麼荒唐的動作，於是她裝作若無其事，假裝自己根本就沒有發現蕭旻言來到店裡，低頭繼續用力擦著桌子。

「蕭醫師，您的奇異果好了。」店員說。

「謝了。」蕭旻言一手接過水果茶，一手低頭滑著自己的手機，他專注於手機裡面的遊戲，沒有察覺自己走錯了方向，直接往歐嘉妮的身上輕撞上去。

身後的撞擊讓歐嘉妮嚇到，她直起身子一臉驚恐的看著他，對上眼的時候又帶點了慌張與失措。

「啊，抱歉。」蕭旻言說，伸出手扶好歐嘉妮，見到對方安然無事的樣子，他又道歉，「不好意思啊！」

「沒事。」歐嘉妮搖搖頭，低下頭繼續擦桌子。

蕭旻言將視線悄悄的從手機上移到歐嘉妮的身影，開口正要說什麼的時候，歐嘉妮的手機響了，她的動作明顯愣住，疑惑此刻打電話給她的人會是誰。

咖啡店老闆沒有規定上班時間不能用手機，只要不要太超過，員工有乖乖地做好本分他都不會管太多，都睜一隻眼閉一隻眼的。

歐嘉妮從身後口袋抽出手機，看到螢幕上顯示著：未顯示號碼，直接掛掉不理會，繼續擦桌子。

「蕭醫師，你是還有什麼事情嗎？是要找嘉妮？」老闆見到蕭旻言人一直停留在店裡面，忍不住上前詢問，雖然蕭旻言的帥氣可以替他吸引不少女客人上門，他是該感謝他，可是見到他停留的時間不短，心中也好奇著對方是不是有什麼事情。

歐嘉妮一聽見自己的名字忍不住抬頭看向蕭旻言，一臉納悶地看著對方，此刻，她的手機又響起，一樣還是未顯示號碼。

她愣住，猶豫著要不要接起。

「喔，我……沒事，我沒有要找嘉妮。」蕭旻言先是搖搖頭，最後要改口說：「不對，我確實有事找嘉妮，可以借我一分鐘的時間嗎？」

「可以，蕭醫師你請。」

歐嘉妮滿臉納悶地看著自己正在響的手機，以及慢慢靠近自己的蕭旻言，她的目光一下看著手機，一下看著蕭旻言，任何言語任何動作都沒有。

「妳怎麼不接？」蕭旻言問。

「我……應該不重要吧，沒必要接起。」說完，歐嘉妮將手機掛掉，當她正要詢問蕭旻言找她有什麼事的時候，她的手機又響起了，螢幕上面還是一樣顯示著未顯示號碼。

這下子，真的不對勁了。

太詭異了。

望著仍然在響的手機，歐嘉妮接也不是，掛掉也不是，不知道該怎麼做，抬眸看向蕭旻言，連自己也沒有察覺到此刻的自己正找他求救。

「給我吧。」蕭旻言伸出手，歐嘉妮將自己的手機放置在他的手掌上，微微的擦過手掌上頭的溫度，歐嘉妮想起上次他握著她手的情形，立刻將差點飛走的思緒給抓回。

「我接通囉？」蕭旻言看著她，見到歐嘉妮點了頭，他按了接通。

『嘉妮，是我。』一個男人的聲音。

「你是誰？」蕭旻言蹙眉，對方是誰？這是騷擾電話嗎？

兩人距離如此的近，歐嘉妮可以聽到手機另外一頭傳來的聲音，當聽到這陣聲音的時候她愣住，是前男友。

那個劈腿成性的爛人出現了。

她以為只要將對方設為黑名單對方就再也找不到她，卻沒有想到對方有她的號碼，可以用別支電話撥打給她啊！

『這是嘉妮的手機，你是誰？』對方說。

「那你又是誰？」蕭旻言的聲音顯得不悅，他自己都還沒有拿到歐嘉妮的手機號碼，這莫名其妙出現的男人憑什麼會有？

『哼……想不到這女人這麼厲害，這麼快就釣到下一個蠢男人啦？』

蕭旻言聽了蹙眉。

「蕭醫師，手機可以還我了，我可以處理。」歐嘉妮從他手上奪走手機，這一瞬間，她的臉沉了下，散發出冷漠的氣息，冰冷的面具瞬間戴上，她語氣寒冷的對著手機的另外一頭說：「你打給我要做什麼？」

『想不到妳這女人這麼快就找到下一個金主了，真是恭喜妳。』

「廢話少說，有屁快放。」她面無表情的回答，一旁的蕭旻言見到這種情形，大致上猜到了對方的身分，是很久以前某天讓她崩潰哭泣的男人吧？

一想到那天她的哭泣，蕭旻言心中就覺得不是滋味，也不知道為什麼自己會有這樣子的心情，他覺得女人就是用來疼惜的，而不是讓女人哭泣，所以他從來不曾讓女人哭泣過，心中更看不起那些會讓女人流淚的混蛋男人！

不曉得對方此刻說了些什麼話，蕭旻言見到歐嘉妮一臉慘白的臉，原本有的凶狠氣勢全然消逝，她的雙唇顫抖，牙齒打顫，連一個字都講不出來。

「妳怎麼了？」蕭旻言忍不住問，伸出手扶住她的手腕，他感覺她下一秒就要暈倒的樣子。

歐嘉妮撐著桌面，咬著牙，一臉悲憤的模樣，她拚命地咬著牙忍住情緒崩潰，這樣逞強的模樣讓蕭旻言愣住。

又來了。

那久遠記憶中，多年前在手術室前歐嘉妮也是這副模樣，像一具靈魂被抽乾的空殼，外頭與她全然是兩個沒有交集的世界，外頭的聲音進不去她的世界，她的內心也無法被外面世界探索。

歐嘉妮又是這樣子的神情。

「嘉妮，妳還好吧？」蕭旻言問。

歐嘉妮搖搖頭，眼神變得空洞，她別過頭，往店長的方向走去，「店長，不好意思，我家突然有緊急事情，想跟你請假。」

「啊？但是……」

「對不起，你可以扣我薪水，你也可以罵我，但這件事情對我來說很急迫，我必須現在要去處理。」

見到歐嘉妮一臉堅決以及那即將快要掉下的淚水，店長點了頭，「好，妳快去處理，臨時請假這種事情以後下不為例。」

「謝謝店長。」

歐嘉妮說完脫下了圍裙，隨即離開咖啡店，蕭旻言不自覺地跟了上去，他叫了她幾聲，可此刻的歐嘉妮沉浸在自己的悲傷世界中，沒有聽見他的聲音。

「歐嘉妮。」蕭旻言抓住她的手腕，這也讓失神的歐嘉妮瞬間回神，她雙眼睜大楞然的看著蕭旻言，嘴巴微微張開，卻吐不出任何片段字語。

「發生什麼事了？需要幫忙嗎？」蕭旻言問，有別於以往的玩笑臉，他此刻正經地望著她，心中直覺不太對勁，一定是發生什麼事情了，否則歐嘉妮怎麼會這副模樣？

歐嘉妮搖搖頭，不願意說出口，「謝謝你的關心。」她的聲音非常的沙啞，近乎哽咽，好像有個東西卡在她的喉嚨深處，想咳也咳不出來。

「妳說說看，我可以幫妳！」蕭旻言說，語氣堅決不定。

歐嘉妮看著對方那誠摯的眼神，黑白分明的眼珠子襯托著他的俊俏深邃五官，勾勒出蕭旻言的魅力，這樣子的男人此刻正一動也不動的望著自己，非常的認真、非常的屹立不搖，他彷彿是一棵大樹一樣可以被人依賴、被人信任著。

一瞬間，歐嘉妮的淚水滑落了，她失神的看著蕭旻言，心中的脆弱就這樣漸漸的在他面前攤開。

「嘉妮？妳到底怎麼了？」蕭旻言又問了一次，見到歐嘉妮這樣子，他覺得好緊張啊！

「我媽媽……因為賭博欠債……直接找我分手的前男友要錢，要了十萬元，我前男友的條件是要我跟他復合。」

媽呀！這什麼八點檔劇情啊？

蕭旻言一臉無語，歐嘉妮繼續說：「但我是不可能會跟他復合的，我已經被他折磨這麼多年，五年了，已經五年的時間了，還不夠嗎？為什麼要這樣對我？」她邊說眼淚邊掉。

「十萬元？賣女兒？」蕭旻言覺得神扯，這什麼藍色蜘蛛網、什麼玫瑰瞳鈴眼、什麼紫色曼陀羅、什麼台灣變色龍的，比這些節目內容還要扯的天花亂墜，可即便誇張的程度破表，但卻是真實發生的血淋淋事件。

『賣』這個字深深的刺痛歐嘉妮的心，是啊……蕭旻言他說的沒有錯，母親這樣的行為無疑是在賣女兒，她要將她賣掉，賣給那位連渣都稱不上的爛人，活生生地把她當作是貨品來賤賣……

蕭旻言眉頭深鎖，「妳前男友對妳做了什麼事？」

歐嘉妮咬牙，遲遲不願意回答，她擦了擦淚水，自己做了個深呼吸，看著蕭旻言，她搖了搖頭，「謝謝你聽我抱怨，我可以自己處理。」

「那妳要怎麼處理？」蕭旻言不信。

「我——」歐嘉妮語塞，是啊！十萬元，她要怎麼生出來？她戶頭裡面連兩萬元不到，她到底該怎麼辦？

蕭旻言看著歐嘉妮臉上的表情變化，非常的困擾卻又十分逞強，十萬元的現金是怎麼生出來？根本難產，不對、不是難產，是根本連受精的機會都沒有了，更別說要生出來。

她咬著牙，痛恨自己的無能為力。

「我幫妳吧。」蕭旻言說。

歐嘉妮赫然抬起頭看著他，眼珠子動也不動的，她驚訝到說不出話來。

才認識不到半年的同事，竟然會在她無路可退的時候願意出來幫助她，這是她想都沒有想到的事情，他們稱不上是朋友，頂多只是同事的關係，而且還沒有很熟，只是知道彼此的存在而已，見面的次數也沒有很多，平均一個星期見一次面而已，這樣的人，為什麼願意對她伸出援手？

「讓我幫妳。」蕭旻言又說一次。

見歐嘉妮沒有說話，蕭旻言繼續說：「妳就當作是我借妳一筆錢，以後再慢慢還我，我生平最痛恨的一件事情就是有女人受委屈在我面前掉眼淚，既然都被我看到眼淚了，那這個忙我非幫不可。」語氣中有著堅決的意味。

是的，他非常樂意伸出援手。

哼，可不要以為世界上只有多拉A夢才可以伸出援（圓）手，有能力的人還是挺多的，其中就包含了他這位黃金單身漢。

歐嘉妮愣愣地看著他，好不容易制止的淚水又無聲的滑落。

「好啦，不要感動到哭，現在該怎麼做？我要做些什麼？」

歐嘉妮的聲音顫抖著，「你真的願意幫我？」

「願意願意願意，都說出口了，只要我蕭旻言敢說出口的事，我就一定會做到，不是有一句成語嗎？一言既出駟馬難追。」

歐嘉妮失神望著他，心中有股難以用言語形容的感覺，有一團軟軟溫溫的感覺在她心頭上蕩漾，蔓延至胸口，使原本劇痛無比的胸口被這團暖意取代，像是乾涸的地方溫柔的下了場雨，潤濕並崩解了那道冰冷的高牆。

「為什麼？」她問，為什麼他會願意幫她？

蕭旻言摳了摳臉，「妳問我為什麼我還真的難以回答，我就是屬於那種看到有人有困難就會盡力去幫的人了，況且妳我同事一場，相遇也是有緣份，我很相信緣分這件事情，這世界上每一場相遇都一定有它存在的道理，也許上天就是派了我這一位男神天使出現來幫妳，妳想想，就這麼剛好上次妳在哭的時候被我撞見，就這麼剛好剛剛這電話打來的時候我在場，這一切的巧合不就是上天給我也是給妳的安排嗎？」

也是這麼剛好的，當年她在手術室前面的安靜流淚被他看到。

「蕭醫師，謝謝你。」

嘖，又是叫他蕭醫師，又是這麼生疏的稱呼。

「嘉妮，我都叫妳嘉妮了，妳就不能叫我旻言嗎？或是叫我旻言醫師也可以。」

歐嘉妮愣住，一臉不明白。

唉，算了，總有一天他要她親口叫出他的名字。

「那我現在要做什麼？妳是要回家處理這件事，是嗎？所以我是要跟妳回妳家？」他開口問。

「……你方便嗎？」

「行啊！反正我黃金單身漢，自由得很，不需要忌諱。」蕭旻言攤手，笑了笑。

「……」

最後是蕭旻言開車載著歐嘉妮前往她家，車程中，歐嘉妮的心一直忐忑不安，坐在副駕駛座上的她雙手交疊在一起，卻難以掩飾中心的不安，現在前男友在她的家，與她的母親等著她回來。

一筆十萬元的現金，看出了每個人的貪婪，揭開了每個人的醜陋人性。

為什麼母親會變成這樣子？

車程並不遠，約莫二十分鐘的時間就抵達歐嘉妮的家，此時現在時間晚上快九點，天色已暗，暈黃的路燈打在黑漆漆的道路上，路燈與路燈的距離很遠，之間有一段路是黑暗的，不免顯得陰森又危險，好像黑暗中躲著怪物一樣的令人感到害怕。

歐嘉妮並不害怕黑暗，應該說她已經習慣了。

停好車後，蕭旻言緩慢的走在她身邊，她始終都沒有開口說話，但他能明顯的感受到她內心的掙扎。

此刻應該很難熬吧？

「嘉妮，我等等要做什麼？是要怎麼配合妳？」他打破沉默。

歐嘉妮轉頭看向他，一時之間的也拿不定什麼主意，腦中的思緒亂到幾乎成死結，怎麼解也解不開，她根本不知道要怎麼做，不知道要怎麼做才將傷害降到最低？

緊抿著唇沒有說話，因為她找不到這個答案。

「還是，都交給我？」蕭旻言問，在這樣的夜晚中他的聲音顯得更加的磁性好聽，彷彿有種魔力一樣，讓歐嘉妮感到一絲薄弱的安心感，好像茫茫大海中奮力抓到的浮木一樣，緊緊抓住的依賴，捨不得放手。

最後她忍不住點了頭，用種信任的表情看著他，「好，麻煩你了，蕭醫師。」

蕭旻言蹙眉，又是這一聲生疏的蕭醫師，他總覺得歐嘉妮始終都叫他蕭醫師是因為不想與他拉近距離的關係。

知不知道如果某天他消失在地球上了，地球平均的顏值分數可是會大大降低欸，他在地球上是多麼重要的角色啊！

「好，到時候妳就配合我，若不知道要說什麼的話我會引導妳。」蕭旻言說。

歐嘉妮最後點了點頭，她真的想不到還有什麼辦法了，眼前這個男人是可以信任的，就這樣相信他吧，她想著。

歐嘉妮的老家位在一樓，此刻一樓的家門大開，還沒靠近家門的時候就可以看到一位穿著襯衫的男人站在門口處抽著菸，他就是歐嘉妮劈腿成性的前男友，姓渣，名男。

見到他們出現，男人手叼著菸，吊兒啷噹的看著他們，嘴角一抹弧度浮現，滿臉不屑的表情。

「嘉妮，這就是妳的新歡嗎？」他問，語氣中充滿了譏笑。

蕭旻言收起笑容，一臉莫名其妙的表情看著眼前這位男人，眼前這男人身穿著名牌襯衫，還梳起六零年代的油頭，完全不搭甚至會惹惱眾多服裝設計師的搭配，誰來告訴他這位是哪裡來的中二病傢伙？他想這位名牌的創始人若在世看到他的穿著應該立馬氣死入棺，還好創始人已經過世，避免這種吐血悲劇發生。

親眼見到他也覺得對方不怎麼樣嘛！沒有想到他就是折磨了歐嘉妮五年的臭傢伙，據說劈腿成性，是不怕得性病嗎？而且歐嘉妮眼睛是沾到屎是不是，當初怎麼會看上這樣的人甚至還跟他在一起五年呢？不過算了，她終於把眼前的業障給清除了，眼睛總算雪亮了些，但還不夠雪亮，若真的雪亮晶透應該會看上他蕭旻言才對。

「這位是哪來的啊？」對方毫不客氣地又問了一聲，蕭旻言沉下臉，語氣也因為對方的不禮貌而變得很難聽。

「我是來自醫院外科部的住院醫師蕭旻言，敢問你的祖先是不是曾經被壓在五行山下五百年啊？」

歐嘉妮一臉納悶地轉頭看著他，就連那男人也是，一臉莫名其妙地看著他，完全聽不懂他在說什麼。

孫悟空曾經被如來佛祖壓在五行山五百年，蕭旻言他是拐著彎罵眼前這男人是猴子，不過這樣的冷笑話估計在場的另外兩人都聽不出來。

「你什麼意思？」

「可惜我不會講猴子話，不然你應該聽得懂。」

「你說我是猴子？」那男人生氣地將菸蒂丟在地上，用力踩了幾下。

「不是吧？我沒這麼說啊先生，你千萬不要認為自己不是猴子啊。」

歐嘉妮不自覺笑了出來，她覺得能帶上蕭旻言是一個對的選擇，那男人瞪了蕭旻言一眼，看著歐嘉妮，「這是妳喜歡的貨色？」

歐嘉妮沒有回答，蕭旻言則是打斷了他的話，「你不用問她喜不喜歡我，這不是重點，重點是……你因為區區十萬元，而威脅嘉妮跟你復合，是嗎？」他邊說著，邊用一臉『你有病』的眼神看著對方。

「她沒有我活不下去啊！」沒想到那男人卻這樣說，說的理直氣壯，一點都不覺得自己錯了，標準的大男人心態。

蕭旻言微微蹙眉，眼神飄向歐嘉妮，「是這樣嗎？」

「絕對不是。」歐嘉妮連也想沒有想的直接這樣說，完全不給對方任何面子。

蕭旻言攤手，「這位先生，很擺明是你得妄想症。」

男人被惹惱，握緊拳頭，沉著聲音說：「妳媽跟我這位準女婿借了十萬元，現在很簡單，若妳答應回到我身邊，我就立馬借，而且以後不管要多少萬，我都立馬滿足妳媽，如何？」他刻意提到『準女婿』三個字，看向蕭旻言的眼神。

蕭旻言微微蹙眉，拜託，現在是在上演什麼哪檔戲？

「你胡說什麼？不可能！辦不到！」歐嘉妮有點生氣。

「停——」蕭旻言抓住歐嘉妮的手腕，「像他這種人，妳不值得為他動肝火，提錢真的是一件很俗氣的事情，但沒有錢又萬萬不能，是吧？」蕭旻言說道這，摸了摸下巴，「這位先生，你不要這樣子，這樣非常的難看，很像在買別人家的女兒欸！看看這樣美麗動人的小姐，區區十萬元實在太廉價，就算你送一棟帝寶，還是廉價，人家好歹也是亭亭玉立的小姑娘，你怎麼可以用錢來衡量？」

「她們就是死要錢啊！」男人的這句話像是打在歐嘉妮臉上的巴掌一樣，她聽了臉色一陣青一陣白的，咬著顫抖的下唇，幾乎快要喘不過氣來。

蕭旻言見到歐嘉妮這副模樣，不自覺的牽上她的手想要給予力量，當碰上這冰冷的手掌時，他微微一愣，這女人的手怎麼這麼冰冷？

歐嘉妮懵然看著他，屬於他的溫度從掌中傳來，她不自覺地回握，即便知道這一切都是他在幫她，所說的話一切都是假的，可她竟然貪戀著這一絲絲的溫柔。

別作夢了歐嘉妮，蕭旻言只是來幫妳的，妳不可以對他產生感情的，絕對不可以。

當腦中這樣告訴自己的同時，原本回握的手，力道漸漸地流失。

蕭旻言當然也有感受到歐嘉妮這樣的反應，見到她慘白的臉，他覺得不能再拖下去了。

「你真的覺得有錢是一件很了不起的事嗎？」他輕聲的問，語氣非常的冷。

「就如你剛剛所說的，沒有錢萬萬不能，這句話在他們家驗證一切，有個愛賭博的老母親，這沒辦法的事情嘛！死了一個兒子她只好一直賭博，藉由賭博忘卻失去兒子的痛苦，這我可以懂，所以我很願意投資這筆，很容易的，她母親想賭多少都可以找我，我才不怕被她賭垮，開玩笑，我老爸是羅氏企業的，我是富二代，怎麼樣？你也只是一位醫師而已，而且還是住院醫師，是有多少錢啊？」

蕭旻言的眉頭皺得更緊，想要比家中的富有程度，這男人怎麼可能比得上他們家？他只是本身不怎麼愛炫富而已。

任誰也沒有想到，包含外科部的所有同事都不知道蕭旻言其實來自於一個非常富有的家庭，爸媽白手起家，如今飛黃騰達，在高分子產業上是個巨大龍頭，現在父母早已退休享樂，公司是由哥哥繼承，他自己本身對家族企業沒有多大的興趣，堅持讀醫學這條路，就這樣一路到了現在，已經邁入住院醫師的第三年。

男人以為蕭旻言的沉默是不知所措，笑得更加的大膽，「哈哈，我跟你說，我們家有多少棟的豪宅，我看上歐嘉妮這女人是她的榮幸，懂嗎？是她要好好珍惜我的。」

蕭旻言嘆口氣，「可是她珍惜一個愛劈腿的爛人幹麼？你現在很難堪，我勸你知難而退。」

「要知難而退的人是你，你算哪根蔥啊？」男人非常沒有禮貌地用手指指著蕭旻言。

蕭旻言雙手盤在胸前，他非常不喜歡提起自己的家族，「我姓蕭，要比家裡富有程度我還怕你不成？現在高分子產業上最大的蕭氏財團就是我們家，是我老爸跟我老哥，怎麼樣？」

頓時間那男人瞪大眼睛，一時之間啞口無言，剛剛的囂張全然消逝，取代而之的是驚訝，而歐嘉妮一臉茫然的看著蕭旻言，她完全聽不懂他剛剛的話。

「怎麼樣怎麼樣怎麼樣？」蕭旻言整個跳了起來，「豪宅算什麼？我要多少棟也會有多少棟，名車算什麼？我們家停車場一堆名車，但我就是沒有興趣，一樣都是可以抵達目的的交通工具不是嗎？我都把我爸給我的零用錢拿去投資在——」他指向自己的臉，「我固定每個禮拜會去做臉、會去按摩、會去健身，我在投資我自己，哪像你？丟盡男人的臉，花錢找女人玩啊？你才連蔥都不如吧？」

話說到這，家裡面有一位中年婦人走出，表情是沒有耐心的那種，「你們談完沒有？」說完眼尖的發現歐嘉妮與一位沒看過的年輕小夥子牽在一起的手，她生氣地上前將他們兩人從中分開。

「歐嘉妮！妳竟然勾引別的男人？妳這麼下賤嗎？只是吵架而已就找別的男人，妳智障啊？」她母親生氣完，轉身對著歐嘉妮的前男友說：「對不起對不起，你會原諒我們嘉妮吧？她不是故意的，她會回到你身邊的……」說完她看向她不認識的蕭旻言，語氣不是很好，「你哪位啊？」

蕭旻言立刻從嘉妮母親的謾罵中回神過來，他心想著：怎麼會有人這樣罵自己的兒女啊？而且還罵這麼難聽……

「阿姨妳好，我是嘉妮的同事……」他嘴角勾了勾，「也是一位很喜歡嘉妮的人，我還在追她，還沒追到手就是了。」

歐嘉妮聽了瞠眼，一臉不敢置信地看著他，雖然早就知道他所說的話都是假的，可是在對方說出口的時候，她的內心還是不自覺的震驚，心臟微微的縮了一下。

「在追她哦？」嘉妮的母親一臉瞧不起的眼神，哼了聲，「那還好，你趁早放棄，因為我不喜歡你。」

直接被對方的長輩這麼說，蕭旻言有點懊惱，現在是怎麼一回事？為什麼他的顏值在這裡完全沒有發揮到功能？先是歐嘉妮，再來是歐嘉妮的母親，這兩人果然是一家人！

搞什麼啊啊啊啊！他們家的人都是瞎子嗎？沒有看到他長得貌比潘安嗎？

唉……

他不自覺的撫上自己的額頭，瞬間很想撞牆好逃避事實。

那男人哼了聲，知道自己繼續待下去只會丟人而已，轉頭眼見著就要離開，卻被歐嘉妮的母親給拉了住，「準女婿啊！你這是要走去哪裡？」她一臉慌張。

「阿姨，妳女兒配不上我。」

「等等，她怎麼會配不上你？她的對象我說的算！你不要因為她只是帶了一個野男人回來就這樣，我會跟她好好說的……」

「不需要！」男人冷漠的聲，扯回自己的手。

「等等，有話可以好好說，不要——」

「死老太婆，妳真的以為我喜歡妳女兒啊？」男人說：「要不是因為她乖巧聽話，懂得忍氣吞聲，懂得委屈求全，收了錢知道安安靜靜，不吵不哭，我根本就不會看上她！」他拉拉自己的領子，用力地哼了聲，這下真的轉身離開了。

歐嘉妮的母親見狀瞪著自己的女兒，舉起手作勢正要打她，這巴掌還沒落下，被蕭旻言阻止了。

「阿姨，請妳冷靜一點。」蕭旻言說。

「這是我家的事情，你這外人少管！」歐嘉妮的母親用力抽回自己的手。

「我確實是外人，但遇到不合理的事情我不能不管，這就跟醫師不能見死不救的道理是一樣的。」蕭旻言說。

在旁的歐嘉妮垂下眼睛，此刻她覺得好羞愧，家醜外揚，所有的醜陋都被外人看光光了，蕭旻言會怎麼想她？會怎麼想她母親？她真的好想躲起來，好想遠離這一切。

「醫師？」歐嘉妮母親愣了一下，隨即臉上立刻換上了凶狠的表情，「你是醫師？我最討厭醫師了！還我兒子命來！沒用的傢伙竟然救不回我的兒子！」她崩潰地大喊著，作勢要毆打蕭旻言，歐嘉妮趕緊上前將自己的母親給拖住。

「媽妳不要這樣子——」

「妳這廢物！有錢人家不選偏選個我最痛恨的醫師來，妳想氣死我是不是？」她母親突然尖叫起來，完全不受控制的開始毆打自己，蕭旻言與歐嘉妮見狀趕緊上前制止，兩人當然也受到了不少的攻擊，歐嘉妮母親崩潰完畢後一瞬間無力的昏倒在地。

歐嘉妮的父親不在家，最後是兩個人一起協助將歐嘉妮母親給抬進屋子裡的，蕭旻言見到屋子內部，牆壁斑駁，滿是壁癌，屋裡東西雜亂，看似有一陣子的時間都沒有整理了，歐嘉妮安頓好母親後，走到蕭旻言的身邊，「蕭醫師，你要不要……先回去了？」

「嘉妮，我話講得比較直接，會有點難聽。」蕭旻言看著她說：「妳有考慮帶妳母親去精神科嗎？」

歐嘉妮愣住，腦中的思緒在這一秒鐘全然被抽走，她完全無法思考，就這樣一臉錯愕地看著蕭旻言。

他們倆彼此都沒有說話，沉默襯托起夜晚的颯颯風聲，讓這吹來的風聲聽起來好孤寂、好孤單。

第六章

蕭旻言大致上推斷出他原先想知道的一切了。

原來當年在手術室裡面搶救的人是歐嘉妮的哥哥，可是結果搶救失敗，人最後被死神奪去了性命，因此歐嘉妮母親才會崩潰的責怪起醫師為何沒有救回她的兒子，也造就她的心理疾病。

想到當年歐嘉妮那失魂落魄卻強忍著沒有哭出聲的模樣，蕭旻言不禁蹙眉，當年那在眼前停留不到五秒鐘的畫面，就這樣深刻地烙印在他的腦海中，而且還逐漸清晰。

此刻蕭旻言坐在自己的辦公座位上，眼睛盯著電腦螢幕中病患的X光片，腦中卻想著歐嘉妮的事情。沒有多久，他的手機響了一聲，一則訊息跑到他的手機螢幕上。

蕭旻言看著手機螢幕，遲遲沒有任何的動作，只是嘆口氣，繼續專注著螢幕。

回想起前幾天晚上在歐嘉妮老家的情形，他越來越煩躁，真是怪了，明明就不是他的事情，他好心出手幫忙了，已經可以功臣身退了，可是那些種種的畫面卻讓他煩惱不已。

「嘉妮，我話講得比較直接，會有點難聽。妳有考慮帶妳母親去精神科嗎？」那天他沉穩的說，一臉認真看著歐嘉妮。

歐嘉妮的表情先是訝異，最後搖搖頭，「我媽媽她沒這麼嚴重吧……她只是愛賭博，只是愛花錢……」

「嘉妮，妳要面對現實，必需要理性大於感性，有時候事情的事實妳不得不接受。」

當時的歐嘉妮聽了再也沒有說話。

蕭旻言從回憶中抽回，拍拍自己的雙頰，抬頭看到曾宇凡不知道什麼時候走進辦公室裡面，她手上拿著幾疊信封，發放到他們住院醫師的桌上，她緩慢地走到他身邊，蕭旻言想對她扯出笑容，卻覺得臉部肌肉異常的沉重。

慘了，膠原蛋白流失了嗎？他應該還沒有要到美容中心打玻尿酸的必要吧？

「旻言醫師，這是你的信。」

「謝了。」他接了過來，連看也沒看的就放置到一旁。

瞥眼見到曾宇凡似乎沒有要離去的意思，他好奇地抬起頭，「怎麼啦？」

「旻言醫師，你知道嘉妮的事嗎？」

「嘉妮？」蕭旻言原本以為曾宇凡要說的是有關於歐嘉妮家中的事情，他是知道了，而且也親眼見到了，但礙於別人的私事他不好多說，搖搖頭，說了句不知道。

「也對，消息沒有傳這麼快，你應該不會知道，我也是剛剛從少菲那邊聽來的。」

「什麼事啊？」等等，他們兩個人說的是同一件事情嗎？

「嘉妮要離職了。」

這消息有如晴天霹靂般，蕭旻言聽了瞪大眼睛，「為什麼？」他掩不住震驚，雙眼不禁瞪大。

「就……字面上的意思囉。」曾宇凡說，看著蕭旻言的反應，不禁勾起嘴角，「你喜歡她啊？」

「哪有！」蕭旻言立刻大聲否認，「我沒有喜歡她啦……」

「真的沒有？」曾宇凡一臉不信，蕭旻言舉起手作勢要敲她的額頭，曾宇凡搶先一步的閃躲。

「好好說話，不要動手動腳啦。」她撫平自己的頭髮，瞪了他一眼。

「反正我沒有喜歡她，妳不准亂說話。」他回瞪。

「沒有就沒有，你反應這麼大幹麼？此地無銀三百兩啊？」曾宇凡挑眉，這樣蕭旻言再度舉起手作勢要敲她的額頭——

一陣咳嗽聲響起，兩人有默契的往聲音來源看過去，見到霍梓晨臉色鐵青的站在辦公室門口，冷眼的看著蕭旻言，蕭旻言一接觸到這護妻狂魔的目光，嚥了口口水，縮回的手順勢的撥了撥自己的髮。

「原本要幫嘉妮辦個小小的餞別會，大家一起吃個飯，但嘉妮她好像不想要，她想低調一些，所以就……就這樣囉，可能這一兩天會來道別吧，我猜的，也搞不好默默離開也說不定，嘉妮的個性內向，我猜應該是後者。」

蕭旻言聽了沒有說話，等到確認曾宇凡的話說完後，他看著曾宇凡，一臉納悶：「……妳跟我說這些做什麼？」

曾宇凡撇撇嘴，「你真的沒有喜歡她？好，就算沒有喜歡，那好感呢？你應該對她有好感吧？否則怎麼事事都注意她？」

「我哪有注意她啊？」他否認。

曾宇凡拍了額頭，都到這個時候了，這男人還是在耍傲嬌，她也真不想再多說什麼了。

「好，我了解了。」曾宇凡見到霍梓晨輕靠在門口，知道他在等她，於是轉頭又丟了一句話，「她後天中午離開。」說完她往霍梓晨的方向走去，輕拍著他的手，兩人一起離開辦公室。

剩下蕭旻言一個人，他重新坐回位置上，從抽屜中拿出一面鏡子，這面鏡子是他每天早上來公司都會照的鏡子，一來看自己的顏值，二來看自己的髮型，他看了看髮型，確認剛剛沒有弄亂後，將鏡子收了起來。

目光再度回到電腦螢幕上的的那張X光片，但是實際上他還是沒有認真在看，思緒飄走，他又拉回來，沒幾秒又飄走，他又拉回來，沒幾秒再度飄走，他站起來，雙手不禁握拳。

他喜歡歐嘉妮？

這怎麼可能？他怎麼可能會喜歡上那位冷冰冰的冰山美人？跟她相處久了可是會凍傷的好嗎？

搔搔頭髮，不理會被自己搔了亂頭髮，他往辦公室門口走去，大步大步的漫出腳步，不過並不是去找歐嘉妮，只是去上廁所而已。

上廁所也順便往自己的臉上潑了水，要自己好好的整頓一下自己的思緒。

事情來的太突然，先是歐嘉妮的家庭，再來是她要離開，眾多事情擠在一起他明明應該很快就消化完畢的，可是此刻這些事情他卻難以消化。

好煩悶，真的好煩悶。

但他到底為什麼這麼煩悶？這些，都不關他的事啊！

直到後天的早上，蕭旻言都沒有見到歐嘉妮，好歹他去她家幫她趕走那位臭男人，基於這份感恩之情，她不可能連離開都沒有跟他道別吧？

如果是這樣，這也太沒良心了……

想到這，他不禁握起拳頭，晨會中的他被宋部主任點名，一瞬間他反應過來，拿起桌上的文件講出昨天開刀病患的情形。

哼，還好他能夠一心兩用，邊煩悶歐嘉妮的同時還能聽得進去晨會的開會內容。

而晨會好不容易結束了，他拿起會議室的鑰匙往曾宇凡的辦公室走去，由於晨會時間都安排在早上七點半開始，開完會的同時曾宇凡剛好揹著包包走來，她笑著對他說了一聲早安，拿出鑰匙轉開辦公室的門。

「會議室鑰匙再麻煩妳歸還。」蕭旻言將鑰匙遞給她。

「行，你放著就好，我等等再拿去教材室歸還。」曾宇凡將包包放進身後的櫃子上，卻見到蕭旻言眼睛一動也不動地盯著筆筒旁邊的小黑板，雖然是小黑板的造型，可實際上是要用螢光色的白板筆書寫，這小黑板在辦公室裡面很方便使用，若人短暫外出就可以留言在上面讓旁人知道，或是有什麼事情要公告也可以寫在上頭，讓經過的人可以看到。

「這在哪裡買的？感覺很方便欸！」蕭旻言拿起這小黑板查看。

「嘉妮送的，是餞別禮物。」

輕輕的言語從曾宇凡嘴裡吐出，蕭旻言卻彷彿被什麼東西給打到一樣，身子微微的震了一下，他默默地將小黑板放回去，沉下臉不語。

她到最後……還是不願意來找他嗎？連見一面都不要？

曾宇凡因為沉默而轉頭望向蕭旻言，卻見到他一臉死沉沉的表情，挑了眉，「旻言醫師，你怎麼了？」

「我沒事。」蕭旻言快速說完，然後轉身馬上離開。

留下曾宇凡這一頭霧水的看著他的背影。

這人……最近怎麼晴時多雲偶陣雨？天氣預報壞了嗎？

蕭旻言離開秘書辦公室後，往實驗室的方向走去，他的腳步越來越快、越來越快，幾乎是快步走，當他回神過來的時候，人已經站在實驗室門口了。

他眼睛直盯著實驗室的門鈴處，遲遲都不按下去，腳步倒是很快地就將他帶來到這，可腦袋的反應沒這麼快，他這次要用什麼理由進去？

之前都是藉故找黃博士，那這次呢？

直接找歐嘉妮呢？

……這理由倒是行啊！

伸手正要按門鈴的時候，實驗室門正好開了，一名研究助理從裡面走了出來，正一臉納悶地盯著他瞧，「請問……是要進去嗎？」由於蕭旻言身上穿著醫師白袍，那位研究助理門就這樣開著讓他走了進去。

蕭旻言環顧四周，並沒有看見歐嘉妮人，就連黃博士也不在，最後他轉身問了剛剛那名研究助理，「歐嘉妮呢？她在不在啊？」

「在啊！她人正在會議室裡面，我幫您叫她，等我一下哦。」那位研究助理笑笑地對蕭旻言說，說完後人就往實驗室裡的會議室走去，沒有多久歐嘉妮走出來，原先是一臉納悶，但見到蕭旻言的那一瞬間愣了一下。

「蕭醫師……」她不禁脫口而出，本來打算晚點再去找他向他道謝了，她也有為他買了一份餞別禮物，小小的鑰匙圈，這份禮物現在正在她的包包裡面。

蕭旻言沒有說話，直接抓起她的手腕往實驗室門口走了出去，歐嘉妮愣住，就這樣跟著他走出去，這樣的畫面讓實驗室每個人面面相覷，好像看到了什麼不得了的畫面。

他帶她來到了電梯口附近，那裡沒有任何的人，直到那蕭旻言才放開她的手，第一句話就說：「妳要離職？」聲音非常的冷淡。

「嗯……想說花時間照顧我媽……」歐嘉妮點頭承認，這讓蕭旻言心中有股無名火燃燒起來，他也不懂為什麼自己會感到憤怒，就是不悅，他就是不開心。

「歐嘉妮，妳把我當朋友嗎？」他垂下眼睛，「這麼重要的事情怎麼不告訴我？」

「我……」歐嘉妮愣住，這個問題她找不到答案，她離開就是想要低調一點，拒絕了餞別會，就是刻意只讓少數人知道就好，找不到任何的理由與藉口，她低下頭，「對不起……」

「為什麼要道歉？」蕭旻言吐了口氣，這口氣很沉很沉，沉到讓周圍的空氣都凝結住了。

「因為我沒有讓你知道我要離職，但是……我不是沒有把你當朋友，相對的，這些日子我很謝謝你對我的照顧，還有那些你幫的忙……」

這官腔似的說法讓蕭旻言覺得敷衍，他就是莫名的覺得不爽。

「妳說妳把我當朋友？但妳卻沒有告訴我說妳要離職？」蕭旻言說，空氣中好像炸了一顆檸檬一樣，周遭的空氣都是酸的，他自己也沒有想到自己說出口的話會這麼酸。

「我——」歐嘉妮不是個會找藉口跟理由的人，但這一時瞬間她也說不出為什麼沒有告知對方自己要離職的事情，她本來就是默默的出現在這家醫院，理應就是要默默的離開，不是嗎？

「抱歉，我以為……宇凡或是少菲會跟你說……你遲早會知道的……」

「歐嘉妮。」很難得的連名帶姓叫著對方，蕭旻言面對同事都是熱情的直呼名字，很少會有連名帶姓的叫法，除非，他不爽對方了。

而現在此時此刻，他就是在不爽歐嘉妮。

「妳知不知道同樣一件事情由本人親口告知，跟從別人嘴裡聽到的感覺截然不同？」最後一個字的聲音消失在空氣中，這一瞬間，空氣也凝結了。

歐嘉妮眨眨眼睛，不知道要回什麼話。

蕭旻言也跟著沉默，可眼珠子直盯著她不動，彷彿一直盯著就可以知道她此刻心中正在想什麼。

沉默沒有很久，最後是歐嘉妮打破了沉默，她的聲音聽起來有些沙啞，這語氣包含了一堆疑惑，

「蕭醫師，你……」她猶豫了幾秒鐘，最後脫口說出：「你喜歡我嗎？」

除了喜歡她，歐嘉妮想不到還有什麼理由了！

她不相信一個人會毫無理由的對另外一個人好，他們不是家人，不是很熟識的朋友，只是同事而已，真的就只是同事而已，而且認識不到半年，除了這個理由，她真的想不到還有什麼其他的理由了。

他喜歡她嗎？

她這樣子的人會有人喜歡嗎？

她不適合生活在陽光下，她只適合待在黑暗裡，不是嗎？那為什麼在她生命中，她遇到了如同太陽的蕭旻言？他散發出的陽光好像會渲染一樣，給予了她一絲絲的溫暖，甚至給了她一點點的悸動，彷彿

清晨的露珠，孤單單的待在葉子上，但卻因為晨曦光亮而微微閃爍著。

蕭旻言愣住了，腦中突然一整個空白，一來這話題再度被人問起，而這次對象是歐嘉妮本人，二來眼前這女人竟然臉不紅氣不喘地說出這樣的話，這麼直接到底是在搞什麼？知不知道矜持兩個字怎麼寫啊？國小沒畢業嗎？要不要回去重讀啊？

他不禁咬著牙，一字一字不徐不疾的說：「妳到底……哪來的自信認為我會喜歡妳？」

這句話對歐嘉妮來說卻有如當頭棒喝一樣，她的身子微微震動了一下，心臟卻好像被人給用鞭子抽了一下，有點疼。

她垂下眼，突然不敢直視著蕭旻言的臉，他說的沒有錯，她自己是哪裡來的自信啊？

蕭旻言光彩奪目，不管走到哪裡都是人們的焦點，而她？她只是歐嘉妮，她歐嘉妮算什麼小咖？憑什麼能夠跟他站在一起？

光是能夠與他肩並肩，甚至是呼吸同一個空間的空氣她就應該偷笑了，不是嗎？

她到底憑什麼啊？

歐嘉妮有這個自知之明，她一直都有的，可為什麼明明已經有這樣子的心理準備了，在聽到這句話的時候還是會覺得有一點難過？

她又還沒有對他動心，不是嗎？

突然一陣刺痛來自於她的左邊眼睛，歐嘉妮無意識的瞇起眼睛，想藉此減少那不舒服感，她抬起手揉了揉眼睛，猜想著是不是睫毛倒插導致眼睛痛，畢竟她時常有睫毛倒插的這個困擾，睫毛太長了，她實在不懂為什麼有些人會羨慕她睫毛長。

「抱歉，我先去廁所一下。」她丟下這句話，轉身往廁所的方向走，才走沒幾步又被蕭旻言給拉住。

「歐嘉妮，我話還沒有說完——」一見到她的淚水，蕭旻言腦中一片空白，所有的思緒在這一瞬間被抽走了，他愣愣地看著她在擦拭淚水。

「什麼？蕭醫師還有什麼話要說嗎？」歐嘉妮揉著左眼，用右眼看著他。

「妳在哭？就因為我說我沒有喜歡妳？」雖然他常常拒絕女人的告白，也知道自己惹哭不少女人，但還是第一次這麼近看到女人為他流出的眼淚，原本可以站得住腳的，他開始莫名覺得慌張。

「你誤會了，我不是因為——」歐嘉妮的話沒有說完就被打斷，只見到蕭旻言從口袋中拿出手帕，遞到她面前，「給妳擦，乾淨的。」

「不用，謝謝。」她拒絕他。

拒絕？她拒絕他？他知不知道全天下有多少女人肖想可以拿他的專屬手帕啊？這手帕甚至當他入棺材的時候還可以拿去裱框紀念呢！很值錢的好不好?!

「我說給妳——」他硬是將手帕塞進她的手裡。

「我沒有哭，我只是睫毛倒插。」歐嘉妮說，蕭旻言瞬間無言，拿著手帕的手停格在半空中。

歐嘉妮揉揉眼睛，剛剛的不適感消失了，她繼續剛剛的話題：「抱歉，蕭醫師，我……我一直有自知之明的，我沒有覺得你有可能會喜歡上我，你應該適合比較溫柔又比較有氣質的女人才對，是吧？我沒有說錯吧？所以……我剛剛只是提問，如果造成你的不舒服，我跟你道歉，你就當我沒有問過吧……真的不好意思。」

蕭旻言再度無言，這怎麼回事？為什麼他有被拒絕的感覺？等等，剛剛明明就是他拒絕她，不是嗎？怎麼才短短幾分鐘而已，他跟歐嘉妮兩人的角色就對調了？

「對了，蕭醫師，你可以在這裡等我一下嗎？我有個餞別禮物要送給你，你等我一下哦！我回去拿禮物！」歐嘉妮說完飛快地往實驗室的方向跑過去，留下的蕭旻言，一臉錯愕的表情，以及……他連自己也不知道為什麼很想揍自己一拳的表情。

還有！

她都要離開了還叫他蕭醫師？是有沒有這麼不熟啦?!

約莫過了一分鐘，歐嘉妮氣喘噓噓地跑來，蕭旻言人依舊站在電梯口附近，他的雙手盤在胸前，輕咳了一聲，「你要送我什麼？」

「這個！」歐嘉妮將禮物遞到他的面前，微笑的對他說：「我自己覺得蠻適合你的。」

蕭旻言愣愣地接下禮物，看著她臉上的微笑，他竟然有點失神了。

好像不曾看過她的微笑……有嗎？他沒什麼印象了，只記得歐嘉妮臉上一直是冷冰冰的表情，宛如一座冰山一樣，這冰山上，時間跟空間都被冷凍住，沒有人想靠近……

怎麼有點諷刺？快要離職的時候才真心綻放出笑容？

蕭旻言直盯著她看，沒有想要拆禮物的想法，這樣子的行為反倒讓歐嘉妮有些愣住了，她滿臉疑惑，歪著頭，「蕭醫師？」

又是這聲該死的蕭醫師！

「嘉妮，你叫我名字試試。」他說，語氣溫和到好像在哄小孩一樣，「嗯？」

「啊？為什麼——」

「我想聽看看。」他不自覺的抬起手撫著她的臉頰。

感受到臉頰上宛如棉花般的觸碰，小小的電流從臉頰處流至全身，歐嘉妮撇過頭，表情尷尬的看著某個方向。

「我想聽聽，可以嗎？」蕭旻言又說。

他那低沉富有磁性的嗓音在她耳邊響起，輕柔的讓她頭皮發麻，還起了雞皮疙瘩，這聲音聽起來有點誘人，即便歐嘉妮心中還是充滿著疑惑，但她也開口了，「旻……旻言？」

那一瞬間，好像有把煙火在蕭旻言心中炸開，他也不知道自己的心為什麼會如此奔騰，更不知道自己在開心什麼，就好像馴服了一個高傲的寵物一樣，嘴角越翹越高，最後他輕笑了出來。

歐嘉妮依舊是納悶。

然而，下一秒蕭旻言卻將她摟在懷中，他忍不住這份心中的喜悅，他好開心、好開心啊！

突然來的懷抱讓歐嘉妮愣了住，她腦中一片空白，不懂為什麼蕭旻言要突然擁抱她，雙手無意識的想將他拉離，可聽見這男人的笑聲，她打消了這念頭。

過幾秒鐘，蕭旻言才回神，他眨了眨眼睛，又眨了眨眼睛，意識到歐嘉妮被自己抱在懷中，訝異的放開了她。

表情有點困窘，可是卻也不知道該怎麼解釋自己的這行為。

「那個，我——」開口想解釋，可是找不出什麼理由來，最後他輕咳了一聲，「我代表外科部的同仁給妳一個友善的擁抱。」

「……好，謝謝。」歐嘉妮點了頭。

蕭旻言差點咬到自己的舌頭，她還當真啊？

看著手上的餞別禮物，他挑了眉，「可以在妳面前拆開嗎？」

「可、可以啊！」歐嘉妮點頭，看著他在她面前拆了禮物。

她送了一個太陽的鑰匙圈給蕭旻言，這太陽是一個可愛又圓滾滾的絨毛娃娃，一看見這娃娃，蕭旻言鐵青著臉色，一個大男人拿著一個小娃娃，這成何體統？這能看嗎？光是第一眼的形象就大打折扣了吧？這會讓他的魅力值瞬間歸零欸！

歐嘉妮沒有發現他臉上的不對勁，逕自的說了下去：「蕭醫師總是常常帶給外科部很多的歡樂，像太陽一樣，所以……當時看到這禮物腦中第一個就想到你了，小小的餞別禮物希望你不要嫌棄。」說完，她笑了一下。

見到她的笑容，蕭旻言點了頭，「行！妳形容得很好！這形容我喜歡。」這短短不到一秒鐘的瞬間，腦中剛剛那些想法全部轉變。

是不是？他拿著這顆小太陽，不管走到哪裡魅力值都會破表的！完全是加分作用啊！本身就會閃閃發光了，加上這顆小太陽，他身上的光芒更加刺眼了吧？

「你喜歡就好。」歐嘉妮說：「那我……我先回實驗室了，掰掰。」她邊說邊揮著手。

蕭旻言沒有說再見，看著她的背影緩緩的越走越遠，只要歐嘉妮每走一步，他心中就莫名的越來越不踏實，好怪，真的好怪，他為什麼有這樣的反應啊？

「蕭醫師，你……你喜歡我嗎？」

他沉下臉，看著手上這顆小太陽，又看著歐嘉妮那小小的背影，又再度看著那顆小太陽，再抬頭看著歐嘉妮越來越小的背影，接著再看向那顆小太陽，可這次再度抬眼，歐嘉妮的身影已經消逝在轉角處。

他將小太陽捏在手中，想效仿某個知名連續劇中爆橘的畫面，可這只是個小娃娃，不是橘子，就算他用力的捏，還是只是個小娃娃。

唉喲！煩死了啦——！

到底是怎樣啦啊啊啊——

沒有錯，蕭旻言這位傲嬌系男主角沒有讓各位觀眾所失望，他又飛奔去找歐嘉妮了。

實驗室門鈴響起，來應門的研究助理看了蕭旻言一眼，詢問：「醫師你找嘉妮嗎？」

「對，我找她。」

「好，我幫你叫她，你等等哦。」

下一秒，歐嘉妮帶著納悶的表情走到他前面，「……蕭醫師，還有什麼事嗎？」

「有，當然有事，跟我來。」蕭旻言再度抓起她的手腕離開實驗室，留下的人再度面面相覷，只是有別於剛剛，這次每個人的眼神又帶了點八卦的意味。

蕭旻言這位外科部的住院醫師，跟歐嘉妮這位外科部的研究助理，有卦，有卦啊！

歐嘉妮疑惑的跟著蕭旻言走出實驗室，又回到剛剛的電梯口附近，只是，不同於剛剛，蕭旻言這次沒有放開她的手，緊緊的抓著。

「蕭、蕭醫師，你還要跟我說什麼？」她疑惑，想抽回自己的手，可對方將她的手腕緊緊抓牢。

「歐嘉妮，妳給我聽清楚了。」蕭旻言轉過身，與她相望，原先抓住手腕的手往下滑到她的手掌上，他握著她的手掌，輕輕的揉捏著。

「什麼？」歐嘉妮不解的看著他。

接著，蕭旻言一臉正經的表情，看著她的眼睛，說：「我，允許妳可以喜歡我。」

周圍的空氣瞬間寧靜了，安靜到只剩下遠方傳來的空調聲音，蕭旻言盯著歐嘉妮的表情，想從她的表情上面讀出任何訊息來，只是歐嘉妮的臉上除了茫然，還是茫然。

「我……但我沒有打算要喜歡你啊……」歐嘉妮一臉不解。

這句話彷彿形成了一個巴掌，直接往蕭旻言的臉上打一掌。

他撇撇嘴，給自己一個深呼吸，「妳聽不懂我說的話嗎？我說，我蕭旻言，允許妳，歐嘉妮，可以喜歡我。」

「但是……」歐嘉妮這才抽回自己的手，「我真的沒有打算要——」

「妳明明就喜歡我不是嗎？」該矜持的時候不矜持，現在是在矜持什麼？矜持給誰看啊？在心上人面前不需要吧？愛就是要勇敢說出來啊！要勇敢追愛啊！懂不懂這道理啊？

沒有想到歐嘉妮卻說：「……我沒有喜歡你啊！」

「什麼？」

「蕭醫師，你是不是有什麼誤會？」

「啊？」

「你……你怎麼會覺得我喜歡你？」

蕭旻言腦中空白，如果他是玻璃製成的，現在應該遭受到強烈撞擊，然後碎一地了吧？

但偏偏蕭旻言可不是玻璃心，他蹙眉，再度確認，「妳沒有喜歡我？」

歐嘉妮一臉無語，隨後搖了搖頭，「我剛剛說了，我……我有自知之明，蕭醫師你應該配有氣質又有內涵的女人才對。」
聽到這，蕭旻言搔了搔髮，「妳不敢承認？」
承認什麼？都說自己沒有喜歡他了啊！
歐嘉妮再度無語，「沒有的事情要我承認什麼？」
「明明就有，怎麼會沒有？」他說：「妳就承認自己為我著迷為我發瘋，我不會取笑妳的。」
歐嘉妮一臉莫名其妙，反倒問：「……你這麼希望我喜歡你嗎？」
「我——」他頓時之間語塞。
「蕭醫師，我不懂了……我被你搞亂了……」她撫著自己的太陽穴。
喜歡嗎？
這情感似乎離她好遠好遠了，有上千光年遠了吧？與前男友在一起初期確實是因為喜歡，他是很疼愛她的，但到底是從什麼時候開始的，這份喜歡的情感變了調？不再有當初濃濃烈烈心動害羞的成份，取而代之的是冷漠、是命令、是威脅。
初期互相見面會欣喜害羞，可後期互相見面卻有如敵人般……
歐嘉妮失神了一會兒，回過神的時候對上蕭旻言那熾熱的雙眼。
眼前這男人挺有魅力，她不得不承認曾經有為他心動過幾秒鐘，只敢奢求短短的幾秒鐘，哪敢奢望更長遠的時間啊？

抿著唇，她回望著蕭旻言的眼眸，見對方一直沉默著，她最後尷尬的笑著：「蕭醫師，若你話說完了，我要回去了……」

「那妳？妳都沒有話要對我說嗎？」蕭旻言開口。

「我？」歐嘉妮搖搖頭，「我沒有……」

「妳真的沒有喜歡我？」他一臉不信，不相信自己好歹拿到醫院選美比賽第一名的殊榮，眼前這冷若冰山的女子竟然沒有喜歡他？這不合理啊！

「我——」歐嘉妮無言了，他到底想做什麼？不斷地逼她向他告白，可她對他就是沒有喜歡啊！

她嘆了口氣，「我沒有喜歡你，你覺得失望嗎？」

「誰覺得失望了？」蕭旻言說：「妳不要自以為是。」

誰自以為是了？他的種種反應讓她不得不這樣想好嗎？

「所以……」歐嘉妮覺得太陽穴附近的神經正在抽動，耐著性子說：「你是希望我喜歡你，還是希望我不要喜歡你？」

這問題，蕭旻言瞬間語塞，瞬間回答不出來。

這怎麼回事？這問題竟然問倒了他這位金頭腦？拜託，上次住院醫師考試他可是拿到全外科部的第二高分欸！（第一高分是霍梓晨），這小小的問題竟然問倒了他？

「我不懂……你說你沒有執著，可你又抓著我不放，你說你沒有喜歡我，可你卻希望我喜歡你，蕭醫師，我……我不太能夠理解，是當醫師的邏輯跟我這位普通人相差太遠，還是有哪裡是不清楚的誤會需要好好說開？」

蕭旻言咬著下唇，見鬼了，真的是見鬼了！在這間醫院裡面生老病死的一堆，難怪有一堆孤魂野鬼在醫院撒野，影響到他的腦波跟思考，他是不是要叫院長把醫院最底層的太平間給拆除？

「蕭醫師？」見蕭旻言不說話，歐嘉妮喚了他一聲。

蕭旻言凝視著她，一秒鐘、兩秒鐘、三秒鐘過去，他依舊不動於衷。

歐嘉妮見他不說話，覺得無奈，她不懂眼前這人是怎麼一回事，從她剛踏入這份工作開始，她完全不懂他，好像也不曾嘗試想要了解他。

她怎麼敢嘗試啊？

灰姑娘就是灰姑娘，不會遇到神仙教母，不會穿上玻璃鞋，也不會上南瓜馬車，更不會有去皇宮的機會。

低下頭，她整理了一下思緒，最後微笑對著蕭旻言說：「不管怎麼樣，謝謝你這些日子的照顧。」

語畢，轉身就要離去。

蕭旻言再度抓住她的手腕，這人怎麼這麼沒有禮貌？他都還沒有開口說話，她就不斷地想要離開？

「行，就這樣子了。」

「啊？」

「是我喜歡妳啦。」告白的言語中，滿是無奈。

歐嘉妮瞪大眼睛，腦中的思緒瞬間被抽光。

第七章

蕭旻言在這短短的瞬間問了自己無數個問題：腦子進水了？腦子被雷打到了？腦子被外星生物抓去改造了？腦子被人下咒了？腦子都不是他原本的腦子了！

為什麼會喜歡上這麼平凡的歐嘉妮？到底是為什麼？是為什麼？

他找不到答案啊！

他一開始以為歐嘉妮就像朵紅玫瑰，有著冰冷的刺，這些刺是她的保護，讓人退卻三尺的陷阱，不讓人靠近，一靠近就是無情的傷害，可實際接觸她了，蕭旻言發現她根本就不是紅玫瑰，她美麗，但是她平凡；她動人，但是她低調；她冰冷，但是她可以靠近，就像梅花一樣。

梅花在白雪皚皚的景色中，被無情冰冷的雪包圍，卻還是竭盡所能的綻放自己的美，傲骨的生長下去……

他不得不承認，他就是喜歡她那樣梅花般的傲骨。

歐嘉妮這才回神過來，臉上依舊是不敢置信的表情，見蕭旻言凝視她的眼神越來越熾熱，她不自覺的退縮了一步。

蕭旻言瞇起眼睛，覺得有些不悅。

她憑什麼退縮？

能被他喜歡上是她的榮幸，能不能懂得珍惜這份得來不易的榮幸？

「蕭醫師，你真是愛說笑。」歐嘉妮扯了扯僵硬的嘴角，繼續說下去：「我都要離開了你還這樣開玩笑……」

這瞬間，空氣凍結。

「妳覺得我在開玩笑？」他的聲音變得銳利，每一個字都輕輕刮著她的背脊，一接觸蕭旻言的冷漠眼神，歐嘉妮瞬間閉嘴。

所以他不是在開玩笑？

但，這怎麼可能？他怎麼可能會喜歡她？這是不可能會發生的事情啊！

「你……你不是開玩笑？」她怯怯地問。

「我承認我自己偶爾會對女生放電，我承認我很享受被女人愛慕被女人誇，可我不會跟她們曖昧，也不會到處告白，歐嘉妮，妳把我當風流鬼啊？」

「我……」第一次見到這樣的蕭旻言，就算歐嘉妮她心中真的曾經有短短的幾秒覺得他風流，也不能在此刻承認啊！

「我沒有。」她小聲地說，眼神不自覺地飄向其他方向。

「所以妳怎麼想？」

他在問她怎麼想嗎？

歐嘉妮蹙眉，顯得很困擾的樣子，她確實覺得困擾，蕭旻言的喜歡對她來說無疑是種壓力，她問了好幾次好幾次了，她自己憑什麼？

「蕭醫師，謝謝你，但……我配不上你的。」

真的，完全配不上。

「配不配得上是由妳來決定的嗎？妳這麼沒有勇氣啊？」蕭旻言不悅，他覺得至少自己有勇氣承認自己是喜歡她的了，可她呢？為什麼要將他拒絕在千里之外連試試都不要？她以為自己是周杰倫跟費玉清那首《千里之外》的女主角嗎？

歐嘉妮更加納悶，配不配得上不是她決定，不然是他嗎？這人可不可以不要一直活在自己的世界中？對，他一直活在自己的世界中，一直沒有好好聽她說話，她剛剛都說了不是嗎？她沒有喜歡他，她就是沒有喜歡他，可是他怎麼把這解釋成沒有勇氣呢？

歐嘉妮突然覺得自己要瘋掉了。

「蕭醫師，不是我沒有勇氣，而是我……我真的沒有喜歡你，真的。」語末再度強調，見到蕭旻言鐵青著臉，她繼續說：「但是，我很謝謝你對我的喜歡，至少讓我知道我的世界不是非黑即白，還是有那麼一點彩色的存在……」

蕭旻言聽了沒有說話，擰眉望著歐嘉妮的臉。

久之，他緩緩的吐了一句：「我不相信妳沒有喜歡我。」是吧？她只是不敢承認而已，沒有關係，他可以給她一些時間。

「我——」歐嘉妮無語。

「妳要離開就離開吧，慢走不送。」蕭旻言淡然地說，說完轉過身立刻走人，留下的歐嘉妮一臉莫名其妙的表情。

真的沒有喜歡他嗎？

沒有，真的沒有，她這樣告訴自己。

然而，好像忽略不掉當他向她告白時心中的一絲喜悅，好像忽略不掉他轉身走人時心臟處傳來的微微抽痛。

她真的……沒有喜歡他。

因為這一切都只是幻覺。

歐嘉妮在當天東西收好後就離開了醫院，說是收拾東西，也沒有什麼好收拾的，本來就兩手空空的來，離開的時候只是拿了同事合送的禮物。

她回到她一直不想回去的老家，專心照顧著自己的母親，母親還是會對她冷言冷語，還是會給她言語上的暴力，可至少，她不會再去賭博了，也不會再動手打人了。

約莫過了一個多月，歐嘉妮帶著終於願意接受精神科醫師治療的母親來到醫院，先在櫃台處抽號碼牌等待掛號，當叫到號碼的時候她帶著母親上前預約門診。

這位精神科醫師是她曾經向曾宇凡打聽到的，本來就想快點讓母親來，可是她偏不要，一聽到要看醫師就開始摔家裡的東西，所有能摔的東西幾乎都被她摔過了，因為她這輩子最痛恨醫師，醫師無法將他的兒子給搶救回來，是醫師害死了她的寶貝兒子的。

「媽，我們先去門診處報到。」歐嘉妮對著母親說，便攙扶她母親開始走動。

在門診處的座位上等著，還好今天母親的心情不錯沒有大鬧，歐嘉妮微微的鬆了口氣，如果母親真的在醫院裡面鬧起來，那她還真的不知道該怎麼處理才好。

約莫等了二十分鐘，眼睛瞥到一個熟悉的身影，是曾宇凡，此刻的曾宇凡手上拿著一疊公文資料夾，緩慢的往某個方向走去，歐嘉妮猶豫要不要上前打招呼，但看著身邊的母親，她決定作罷。

再等了十分鐘左右，歐嘉妮看到蕭旻言，由於精神科門診在外科的門診附近，所以蕭旻言會出現在這裡也是理所當然的一件事情了。

蕭旻言正低頭看著手機，腳步非常的緩慢，他皺著眉，不知道在煩惱什麼，遠遠看起來他是在煩惱，可實際上他只是卡在某一關的益智遊戲。

歐嘉妮見到他的同時，也猶豫著自己要不要上前打聲招呼，在她離開前，她沒有留下任何有關於他的聯絡方式，因為她覺得離開後聯絡的機率小。

抿著唇，她遠遠的偷偷盯著他看，那道濃眉以及如秋水的眼眸，高挺的鼻子跟薄唇，整個人散發出不少魅力，他長相是英俊好看，而她，只適合遠遠的看他。

說此時那時快，遠方的蕭旻言瞬間抬起頭往她的方向看過來，歐嘉妮無意識的低下頭想躲避他的視線。

默數了幾秒鐘，她還是不敢抬起頭。

可她為何怕被他發現？

兩人就算見到了面又要說什麼好？

一想到這，歐嘉妮覺得莫名難受，他們啊……真的一點都不匹配啊……

因為覺得不匹配，所以告訴自己不要喜歡上他，因為覺得不適合，所以提醒自己的心不要往他靠近。

可是，心還是不小心靠了近，不是嗎？

若不是重新見到面，她根本就不知道自己……好像有點想他。

這份思念有如海浪一樣波濤洶湧，她的心揪起，下一秒立刻咬牙刻意忽略這樣的不適感，抬頭看著門診上面的號碼，距離母親的號碼還有十幾號。

陪母親看完診，就可以解脫這樣的感覺了吧？

歐嘉妮低著頭，沒有發現有個人走到了她面前，當看到有雙皮鞋整齊排列的在眼前地板，歐嘉妮無意識的抬起頭。

……是霍梓晨。

「霍醫師……」她訝異。

「我剛剛在想說是不是妳……」霍梓晨冷清的朝她點了一下頭，「妳母親怎麼了？」

「她有點……算憂鬱症傾向吧……」歐嘉妮的目光不自覺地朝著剛剛看到蕭旻言的位置望過去，但蕭旻言已經不在那裡了。

「在找誰啊？」霍梓晨納悶。

「沒……沒有啦……」歐嘉妮抿著唇，笑自己傻。

霍梓晨閉語沉思，丟了一句話，「蕭旻言人剛從門診出來，現在應該會有些時間，要不要跟他見個面？」

歐嘉妮愣住，眼睛瞪大，手指因為用力而泛了白。

「是我喜歡妳啦。」這句告白的聲音不曉得為什麼此刻在她腦中浮現，她的手指更加用力地抓著自己的手腕。

「你過得好嗎？」霍梓晨低聲問，拿起手機滑了滑。

歐嘉妮沒有回答他的話，看著他的行為，不禁脫口而出，「你在……跟蕭醫師傳訊息嗎？」他告訴對方她來到這裡了？

一想到這，歐嘉妮的心不禁揪了起來，她感到緊張，可是，她又為什麼要覺得緊張？老同事見一下面打聲招呼這件事情有什麼難的？不是嗎？

「喔不是，我是跟宇凡說。」霍梓晨手插進醫生袍的口袋裡，一副瀟灑的動作，他臉上有著淺淺的微笑，「看樣子妳好像不想讓蕭旻言知道妳來的這件事，怎麼了？你們之間發生什麼事情了嗎？」

「也沒……什麼事。」歐嘉妮說，她緩緩地吐了口氣。

若見面他們也尷尬，那還是不要見好了，見了面也不知道要說什麼。

霍梓晨見狀，沒有多問什麼，反倒說：「那傢伙在妳離職之後，突然變得……有點詭異。」

「詭異？」

「失魂落魄好像不能形容他的模樣，該怎麼說？我都有點為他捏把冷汗……」

「怎麼了？」歐嘉妮說。

霍梓晨搔了搔頭髮，回想起之前那段日子，那種種的畫面他倒是有點哭笑不得——

首先是醫師們早上的晨會，有位主治醫師先是簡單報告了昨天開刀的病患情形，其餘的醫師也都給了幾個意見，沒有想到蕭旻言卻突然一句話：「開刀，為什麼有血？」

眾人沉默，望著他。

這什麼鳥問題？

過了幾秒鐘他歪著頭，一副回神過來的模樣，「怎麼了？為什麼大家都盯著我？是因為我長太帥了又有一次他找曾宇凡，本來是找她要些資料，拿到一疊資料後他低頭細看，過了幾秒鐘突然說：

「……」

「紙，為什麼是白色的？」

曾宇凡愣住，「旻言醫師，你剛剛說什麼？」

蕭旻言挪開視線，垂下眼睛，呈現一臉憂鬱的表情，若此刻有聚光燈打在他的身上，若又加上一滴淚水，保證是史上最悲情的花美男角色了。

「旻言醫師？」曾宇凡在他面前揮揮手要他回過神。

「人，為什麼要活著？」

「啊？？？？」曾宇凡傻了眼，這句話……為什麼聽起來好像他要輕生的樣子？

蕭旻言再過幾秒鐘後回過神，「謝了，這是我要的資料沒有錯，辛苦妳了。」

「……」曾宇凡愣住，一臉無語的關懷眼神。

「怎麼了？怎麼這樣看著我？」蕭旻言納悶地眨眨眼睛。

「旻言醫師，你怎麼了？你還好吧？」曾宇凡怯怯地問，她有點擔心他，他們此刻就在醫院，是不是要去心理諮詢室一趟啊？

「我沒事啊！」蕭旻言說完便離開辦公室，留下的曾宇凡一頭霧水的看著他的背影。

慘了……怎麼他好像大受打擊的模樣啊？

又一次他在餐廳裡面吃飯，那時候是下午兩點多，由於開刀的關係他比一般人還要晚吃午餐，他一個人吃著擔仔麵，吃著吃著，筷子夾起了一顆滷蛋，於是他就一直盯著滷蛋發呆。

霍梓晨此刻正好經過他身邊，聽到他喃喃自語的說：「滷蛋，為什麼你在這裡？」

當下霍梓晨停下腳步，以非常不敢置信的眼神看著蕭旻言，他以為他聽錯，觀察了幾秒鐘，對方像是回過了神一樣，慢慢的將筷子上的滷蛋給吃進肚裡，咀嚼。

再有一次，蕭旻言走進樓下美食街他經常光顧的那家飲料店，點了杯奇異果汁，當拿到現榨的果汁後，他愣愣地看著杯中的奇異果肉，喃喃自語地說：「奇異果，為什麼你在這裡面？」

這讓在附近的羅少菲傻了眼，她搔搔頭，以非常恐懼的眼神看著對方，當蕭旻言悠悠哉哉地喝起奇異果汁的無事樣，她才鬆了口氣。

回想結束，霍梓晨蹙眉，「還好他沒有再開刀的時候發呆，我都為他捏了把冷汗了……」

歐嘉妮沉默，久之她說：「但是，這跟我有什麼關係……？」

「他是在妳離職後才變成這副德性的，讓人很難不覺得跟妳沒有關係。」

「……」

他是因為她才變成這樣的嗎？

「嗨，我來了。」突然有個聲音插入他們之間，曾宇凡微微的喘著氣，因為奔跑而顯得臉紅，「嘉妮，妳來醫院怎麼不說一聲啊？可以見見大家啊！」

「我……我是帶我媽媽來看醫生的，怕會打擾到你們，所以……」歐嘉妮的目光看向她的母親，她母親正在與旁邊那位病患聊天。

曾宇凡的聲音變得小聲，「妳媽媽怎麼了？」

「憂鬱症。」歐嘉妮嘆了口氣，本來也沒有想隱瞞的意思了，「我們家是個重男輕女的家庭，我媽媽非常得疼愛我哥，但我哥在幾年前過世，當時急診的時候正巧是送來你們醫院，最後急救沒成，我媽媽反而怪罪於你們醫師，甚至還去投訴那位醫師……不過這件事情被撤下來了啦！那位醫師沒有受到影響，但我媽的精神狀況變得比較敏感，有一陣子只要看到醫師不分青紅皂白的就會辱罵對方，蕭醫師也被她罵過……」

「等等，妳媽見過蕭旻言？」霍梓晨打斷她的話。

歐嘉妮點點頭，「蕭醫師他上次有來我家幫我……」她秉住氣息，繼續說道：「我媽是個愛賭博的人，自從我哥過世以後，她就想找個出口來宣洩她的情緒，但怎知道後面越賭越大，甚至把我每個月寄回家的錢都拿去賭了，現在到處借錢，而我的前男友是個很有錢的小開，但花名在外，背著我出軌好幾次，最後我跟他提了分手，他卻故意抓住我媽愛賭博的這項弱點，來逼迫我跟他復合……是蕭醫師來我家幫我處理這件事情的……」說到這，她因為情緒激昂的關係咬著下唇，忍著不讓自己的淚水滑落。

「天啊……妳前男友真是個糟糕的男人……」曾宇凡不免為她打抱不平。
「反正蕭醫師最後幫我趕跑了他，我現在也不必再遭受他的騷擾。」
「欸？對啊！要不要幫妳聯絡旻言醫師？他最近……有點奇怪欸，我在想是不是看到妳他這奇怪的症狀會減輕一些？」
「可是我……」歐嘉妮退卻了，她也不知道自己在害怕著什麼。
幾日的半夜中，她會回憶起在醫院的點點滴滴，其實同事都對她照顧有加，即便她寡言，但每個同事都對她很好，每個人都是真心的想跟她交朋友，也包含了蕭旻言……
是啊！他最近好不好啊？在她離開這裡之後……
見到歐嘉妮沉思，曾宇凡拿出手機直接說：「我幫妳聯絡旻言醫師，你們等等就見個面吧！」
「但是——」這句話還來不及說完，曾宇凡撥出去的電話就通了，她還特地用擴音，好讓在場的人都可以聽到對方傳來的內容。
『宇凡？妳找我？』蕭旻言的聲音聽起來非常的有精神。
「旻言醫師，你現在有空嗎？方不方便來外科部門診附近？」見到歐嘉妮一臉失措慌張的表情，曾宇凡的嘴角弧度翹得更加高。
『啊？為什麼啊？我才剛剛跟診結束欸！』
「你來就知道了嘛！」

『宇凡啊！不是我在說妳，妳這撒嬌的行為只對霍梓晨那顆木頭有用，對我是沒有用的——』曾宇凡看到一旁的霍梓晨鐵青著臉。

下一秒，他手上的手機被搶奪而走，霍梓晨直接對著他說：「歐嘉妮在門診附近，要不要來隨便你。」說完，他不給對方說話的機會，立刻掛上了電話。

「哈哈哈……」曾宇凡一臉乾笑，「妳就跟他見了面吧！我覺得……他應該挺想妳的。」

「啊？」歐嘉妮聽了雙頰一陣麻木，慌張地躲避了曾宇凡的視線。

「去啊！妳媽……我幫妳照顧一陣子，不過我是醫師，她應該不會討厭我吧？」霍梓晨點了點自己掛在醫生袍上面的員工證，曾宇凡建議他脫下醫生袍，他想了想，也好，便把醫生袍脫下交給曾宇凡。

「不用這樣子啦……」歐嘉妮失措的看著眼前的他們，「我……我就算跟蕭醫師見面了也不知道要說什麼，而且，他……他應該不會想跟我見面……」

因為她都拒絕他了，她知道蕭旻言的自尊心很高，面對被女生的拒絕，他估計好一陣子都不會想再見到她才對，所以她並不認為蕭旻言會出現。

「我覺得他會想跟妳見面欸！」曾宇凡雙手抱著霍梓晨的醫師袍，「我覺得最近的蕭旻言，都不再是蕭旻言了……他變得……好不像他哦！」

「可是……」

這時候精神科的門診打開，叫了歐嘉妮母親的號碼，歐嘉妮將母親從座位上扶起，向她介紹，

「媽，這位是我前同事，他會帶你進去，我等等再來找妳。」

在不到一秒鐘的時間她還是決定了跟蕭旻言見個面，至少，可以問聲好吧？他們的關係並沒有這麼差啊！他們還是朋友，不是嗎？

歐嘉妮的母親看向霍梓晨，下一秒笑了，「唉呦，帥哥欸！」

霍梓晨淺笑，「阿姨，嘉妮有些事情要處理，我陪妳進去看診，等等看完診出來就可以見嘉妮了！」

「帥哥結婚了沒有？我家女兒嘉妮很不錯欸！」

聽到這句話，曾宇凡噗哧一聲笑了出來，霍梓晨則是瞪她一眼。

「我雖然還沒結婚，但是我有女朋友了啦！阿姨，我身邊有一些單身男生可以介紹給嘉妮啊！」只是哄而已，他也會胡扯。

他們倆就這樣進去了門診，當門診門關上後，曾宇凡微笑的看著歐嘉妮，「決定要見面了，是嗎？」

「嗯……」歐嘉妮說。

是啊！是能繼續躲到什麼時候？躲一輩子嗎？然後再來後悔當初怎麼這麼絕情的遠離他？她會後悔嗎？她不知道，但就是覺得今天沒有見面，以後可能也沒有什麼機會能夠再見一次面了！

另一頭，蕭旻言望著手機發呆，剛剛曾宇凡說歐嘉妮出現在醫院裡頭。

要見？不見？

見了能幹麼？自取其辱？

他坐在椅子上沒有動作，思考自己到底要不要行動。

對方當初都說沒有喜歡他了啊！雖然他還是覺得對方不肯承認這件事情，拜託，他是誰？他是蕭旻言欸！榮獲醫院的選美比賽第一名！外科部的型男之一欸！她憑什麼拒絕他？

歐嘉妮又是什麼身分？區區的研究助理而已，還是個不穩定的約聘制，薪水穩定那又如何？又沒有身為住院醫師的他還要多？

最後的最後，他決定不見。

曾宇凡陪著歐嘉妮在精神科門診外等著，等了又等，十幾分鐘過去了就是還沒見到蕭旻言的影子。

這人是烏龜嗎？

從外科的住院醫師辦公室到門診只需要五分鐘而已啊！

歐嘉妮的表情漸漸失落，她沒有猜錯，蕭醫師果然不想見她。

當霍梓晨帶著歐嘉妮的母親走出精神科門診的時候，他愣住了，用眼神詢問著曾宇凡，曾宇凡聳肩，搖了頭，表示蕭旻言沒有出現。

歐嘉妮呆呆地望著人群，想在人群之中找到那個熟識的人影，她還記得他的模樣，記得他的身高、記得他的表情、記得他嘻笑的詼諧模樣，只是，這些都是她記憶裡的畫面，不是實質的畫面，一陣空虛感從內心深處蔓延至胸口，不曉得為什麼，她竟然覺得胸口有點發疼，好像遺失掉了什麼似的。

霍梓晨重新穿上醫師袍，他握著曾宇凡的手，「我有事得先走了，不能再陪妳們。」

「好……」曾宇凡再次四處張望，依舊沒有見到蕭旻言的人影。

怎麼？她估計錯誤了嗎？她以為蕭旻言會想見歐嘉妮的啊！

「宇凡，謝謝妳。」歐嘉妮真心對她說：「我就帶我媽媽回去了。」

「好……」曾宇凡咬牙，覺得對她有點歉意，感覺自己沒幫到什麼忙，「抱歉欸！我好像搞砸了。」

「別，妳沒有對不起我，不需要跟我道歉，是我……是我的錯，這樣子的我，估計蕭醫師根本就不想看到我啊！也難怪他不願意見我了……」

見到歐嘉妮臉上的失落神情，曾宇凡也覺得難受。

「宇凡，我一直以為我沒有喜歡蕭醫師，但我剛剛發現……我好像有點想他……」歐嘉妮說，搖了搖頭，「是我活該吧。」是她不懂得珍惜，是她活該，是她沒有資格接受他的喜歡。

即便最後她真的喜歡上他，她也知道這是一段沒有結果的戀情。

他們，天差地遠，又怎麼能夠匹配呢？簡直要笑死人了！

「配不配得上是由妳來決定的嗎？妳這麼沒有勇氣啊？」

她握緊拳頭。

勉強的對著曾宇凡笑了一下，「那我走了。」

就此轉身，從此之後就別踏進這裡了吧，她想。

第八章

曾宇凡回到辦公室內，看到住院醫師辦公室裡面的蕭旻言正坐在自己的座位上看著電腦螢幕，她走了進去，在他座位面前停下。

「怎麼了？」蕭旻言視線直盯著螢幕，沒有抬頭。

「旻言醫師。」曾宇凡的聲音很輕，輕到聽不出她的情緒，是說她此刻也沒有什麼情緒，她只是納悶、只是疑惑，為什麼蕭旻言不去見她呢？

他的目光依舊不動，裝作冷清的模樣，「只是離職的員工，有什麼好見的？緣分不就這樣嗎？來了就來，走了就斷。」

「錯了，若要緣分不斷，是要靠自己的維繫，你什麼事情都不做，緣分怎麼可能一直維持？」曾宇凡說：「還是，旻言醫師該不會還在相信什麼命中注定的鬼話吧？」

終於，他的目光移到了她身上。

微微蹙眉，他臉上沒有了以往的笑容，「妳想說什麼？」該不會想來教訓他剛剛怎麼不去見歐嘉妮吧？

「我沒有想說什麼。」曾宇凡說：「有時候機會只有一次，錯過了此次，下一次來臨不知道是什麼時候，也有可能，就再也沒有機會了……」

在剛剛目送歐嘉妮的時候，曾宇凡突然上前塞了張字條給她，上面是蕭旻言的手機號碼，歐嘉妮愣愣地接住，她並沒有拒絕。

曾宇凡對她微笑，輕輕地拍著她的肩膀，同樣述說起那句話：「有時候機會只有一次，錯過了此次，下一次來臨不知道是什麼時候，也有可能，就再也沒有機會了……」

歐嘉妮垂下眼，一臉憂傷的表情，「也許吧！所以我從來就不相信緣分這件事情。」

她離開的背影看起來很孤單，很薄弱。

蕭旻言聽了沒有說話。

「所以……」曾宇凡摸著自己的下巴，「真的是那一回事嗎？」

「什麼？」他給她一個白眼。

「你喜歡歐嘉妮啊！不就是這麼一回事嗎？」

蕭旻言沒有說話，此刻他應該要像以前那樣反駁的啊！不是嗎？

「旻言醫師，還記得很久以前我跟霍梓晨還沒在一起時你曾經跟我說過的故事嗎？你說你學生時期有個喜歡的女孩子，你們彼此喜歡著彼此，但誰都沒有開口，畢業後你們的關係就這樣結束了。曖昧在愛情中是很危險的一段關係，關係不清不楚的，很難讓人有安全感，可是說穿了，就只是不敢向前而已。」

「……」他嘖了一聲，摸摸自己的秀髮，「宇凡，有件事情妳搞錯了，我跟嘉妮從來就沒有曖昧過。」

「請把我的重點放在最後一句話上。」

說穿了，就只是不敢向前而已。

蕭旻言輕哼一聲，「我長得這麼帥，十個歐嘉妮都不知道能不能配得上我。」

「……」曾宇凡摸了自己的額頭，覺得汗顏，「你是想一晚搞十個是不是？」

「唉呦，宇凡腦子都在裝什麼？」蕭旻言眨了眼睛，笑了笑，「好像在暗示某個人不能滿足妳欸……」

「去你的。」曾宇凡丟下這句粗話準備轉身回到自己的座位上，卻又突然想到什麼事情似的，她將一張字條丟給了他，「歐嘉妮的手機號碼，要不要聯絡你自己決定了。」

「她也不會想見我吧？」蕭旻言凝視著這張有個十位數字的字條，撇撇嘴。

「錯了，她倒是蠻想見你的哦！」曾宇凡說，蕭旻言愣住，趁著他愣住的時候，她繼續說：「只是今天某個人偏偏就是沒有出現，我看得出來嘉妮她很失望，而且她也老實跟我說了，她，有點想念你。可惜啊……某個人就是愛裝酷，故意不想見面，還躲在辦公室裡面。」

蕭旻言擰眉，「……妳怎麼不早告訴我？」他臉上有著懊惱。

「我不就有請你過去了嗎？」

「……」所以是他自己活該。他咬牙。

「別苦惱，蕭旻言都不像蕭旻言了，上次竟然還問我人為什麼活著，我都覺得你因為嘉妮離開而精神有點錯亂了，你還不承認，趕緊振作一點，好在你開刀的時候沒有發作，不然後果不堪設想你知道嗎？」

「我哪有！我很敬業的。」他握緊字條，思索著要不要真的打電話過去，只是第一句話，他要說什麼？兩人要聊什麼才好？雖然當初沒有不歡而散，沒有誰讓誰不開心，但也算尷尬，尷尬的兩個人要怎麼開口打破冰？

「不說了，部主任好像回辦公室了，我要先忙了。」曾宇凡說完立刻快閃消失，讓蕭旻言覺得她沒有去當忍者實在有點可惜。

再次凝視著字條，他的心情變複雜了。

她，想見他，是嗎？

當蕭旻言回過神的時候，他人已經在車上，正行駛著車子往那條他只來過一次且有點不太熟悉的道路前進，現在的他早就忘記莽撞這件事情，他沒有顧慮很多，就只是單純的想要兌現那句話。

既然她想他，那他委屈一點讓對方見見面。

有時候想想，他真的覺得自己很偉大。

停在上次停的那個停車位置上，他開始猶豫要不要下車，歐嘉妮的住家就在不遠處，走過去不到三分鐘就會到，可是他突然這樣的出現會不會嚇到她？

但是，是她想見他了啊！

他咬著牙，突然看到歐嘉妮牽著母親從他的車子旁經過，這突然來的畫面讓他不禁瞪大眼睛，好在外頭並看不到車子裡面，一意識到歐嘉妮不會看到他的時候他輕吐了口氣，但下一秒卻又想著，不對啊！他幹麼緊張？

是她想見他的，又不是他想見她。

搞清楚好嗎！

一釐清完畢後他打開車門，下車後理了理衣領，從容不迫的看著前方不遠處的那對母女的身影，咳了咳，他叫道，「歐嘉妮。」連名帶姓。

當歐嘉妮聽見這聲音的時候她愣住，還以為自己聽錯了，轉過頭一看到蕭旻言的身影她更加的傻了，眨眨眼睛，揉揉眼睛，確認眼前的那個人是真實的，她整個呆住。

他怎麼會在這裡？

身旁的母親跟著她回頭，唸了幾句：「這不是上次說要追妳的那位先生嗎？怎麼追到這裡來了啊？我跟你說啊嘉妮，剛剛在醫院那位霍先生比較好看啦！這個人一看就知道玩心不減，肯定不是真心的——」

「媽！沒有啦，他沒有要追我，就只是同事而已，同事而已，妳先進家門，我……我等等再進去。」

「不要跟他走哦我告訴妳！」

「不會，我不會隨便跟別人走的。」都幾歲了母親還是把他當作是小孩子來看待。

歐嘉妮轉過身，看著蕭旻言一身帥氣的靠在車子，他今天穿了一身黑，黑色的襯衫、黑色的長褲、黑色的鞋子，他的目光直盯著她，就像是老鷹盯著獵物那樣的犀利。

刻意不走向前，他就是要她朝著他走來。

從醫院到這裡的路段已經由他拉短了，剩下的幾公尺距離，交給她不為過吧？他都已經來到她面前了，不是嗎？

一個多月沒有見，這女人又瘦了，原本都已經像竹竿那樣瘦了，再瘦下去可是很難看的。

歐嘉妮掩不住欣喜，她的嘴角不禁泛起弧度，加快腳步的走到他面前，「蕭醫師，你……你怎麼會來啊？」

蕭旻言盯著她臉上的笑容，有些的不習慣，現在這個笑容是因為見到他而釋放的嗎？回想起以前，每當她在公司見到他的時候都是一張冷冰冰的表情，而現在見到他反而笑了，是因為什麼原因？他想是因為察覺到自己在她心中的重要性了吧？

果然啊！還是沒有人能夠屈服在他蕭旻言的魅力之下。

「見到我，高興成這樣啊？」他沉著聲音說，挑了眉。

歐嘉妮這才意識到自己在笑，摸了摸臉頰，稍微收回了笑容，提醒自己不要高興過頭，雖然她遇見蕭旻言真的是挺高興的。

「蕭醫師，你怎麼……怎麼會在這裡啊？剛剛我帶我母親去醫院的時候，你不是……」不是不想見她的嗎？

怎麼好像變魔術一樣，咻的一剎那，轉眼間他人就在這裡了？

蕭旻言挑眉，「妳不是想見我嗎？」所以，他來了，夠誠懇吧？

「啊……」歐嘉妮愣住，可下一秒她笑了，他還是她所認識的那位蕭旻言，充滿著過份的自信，甚至覺得全宇宙都是他的全世界。

「有什麼好笑的？」蕭旻言看著她的笑容，雖然心中覺得她笑起來極好看，但要他說出這種讚美的話，他可不想，若真要論起顏值，她還差他一點呢！

「沒……只是覺得蕭醫師還是跟以前一樣幽默。」她不自覺地說：「謝謝你特地跑一趟，要不要……要不要進來喝杯茶？」

「誰特地了？我是順便，懂嗎？是順便。」他嘴硬。

「順便？所以你等等……等等要去哪裡嗎？」

「我來這邊是要辦點事情，事情辦完就會離開了，至於喝茶嘛……上次妳媽挺討厭我的，我若進妳家家門豈不是會被趕出來？」

「不會啦……上次她那樣子是因為喝酒在發酒瘋，目前已經開始戒酒了，腦子也清晰了，不會再像上次那樣子了……對不起啊……上次那件事情我好像沒有跟你道歉，也沒有跟你道謝……」

蕭旻言聳肩，「無所謂。」

「喔……那……你要不要進來喝杯茶？」歐嘉妮問，見到他一張面無表情的臉，她甚至開始在猜想他是不是生氣了？「抱歉，你剛剛說你來辦事情的，這樣好像會耽誤你的時間，那你……你先忙吧……」她扯著微笑，見他依舊不說話，腳步往後退了一步，即將要轉過身——

「等等。」蕭旻言在那瞬間抓住她的手腕，「我事情早就辦完了。」

「喔……」

「歐嘉妮。」他盯著她的眼睛，薄唇抿了一下，「我們，來約會吧。」

歐嘉妮眼睛不禁瞪大，她啞然，一時之間不知道要給予什麼回應。

「怎麼？不願意啊？」敢拒絕他蕭旻言就死定了！這小女子有沒有這麼難搞？他都放下身段開口邀她了，她敢拒絕嗎？

她眨眨眼睛，愣愣地看著他。

回想起剛剛在醫院裡面得知他不想見她時的失望，那失望是那樣的刻骨，那絕望是那麼的濃厚，宛若她好端端地被推入黑暗的深淵裡面，再也見不到一絲的陽光，再也碰不到一絲溫暖。

曾經握住她的手，是那樣的灼熱，柔情的熱量一點一點的滲透她的冰冷，驅走了她的南北極，融化了她的冰雪。

偶爾的好幾個瞬間，她是想他的啊！

蕭旻言咬牙，見到她不回答反而開始後悔，若沒有外出，他現在人應該還在辦公室裡面看病患的X光片才對。

他都親自來讓她見了，她卻這樣回應他？天地良心到底在哪裡？

「……好啊。」歐嘉妮沙啞地說，有點不自在的回答，回答的同時目光默默的移開。

蕭旻言瞠眼，聽到了滿意的回答。

嗯，天地良心還沒消逝，還好端端的存在呢！看來地球還是有救的。

他不自覺的泛起笑容，從剛剛到這裡就一直板著一張冷臉，他是故意的，每次都是這女人面無表情看他，他就不能面無表情的對她嗎？

一點都不想承認自己幼稚的心態，他望著她笑，「那妳什麼時候有空？」

……等等，不對，他又改口：「我只有明天晚上有空哦！」憑什麼給她選時間啊拜託？這約會是他主導的好嗎！

「明天……我……」還沒回答完就見到蕭旻言那一臉期待的神情，歐嘉妮不自覺的點了頭，「……明天可以。」

蕭旻言嘴角抽蓄了一下，他掩不住笑，摸摸自己的下巴裝作無事的樣子，剛剛在下車之前他不斷的照鏡子，深怕會有任何一點瑕疵在，不可以有痘痘、不可以有粉刺、不可以有眼屎，臉上不可以沾上斷掉的睫毛，牙齒一定要潔白亮眼，絕對不可以有菜渣卡縫，以為完美的他，還是在下巴處找到了一顆小痘痘。

此時，他挑眉，微微嘟起嘴，對於這樣的結果感到滿意，當手指不小心點壓到自己的痘痘時，他縮回手，收起笑容，「好，妳說的，就這樣決定了。」

佯裝帥氣的轉身打開車門，「那我走了。」他說，接著將車門掩上，發動車子駛離。

留下的歐嘉妮愣愣地看著車子屁股，心中覺得有點莫名其妙，他來就只是為了要約她？那怎麼不打電話就好了？

不過……這樣子的莫名其妙也是蕭旻言的特色之一。

從口袋中拿出曾宇凡給她的那張字條，她將蕭旻言的手機號碼一一的輸入進手機裡面，這樣一來，曾經斷掉的聯繫又重新取得了。

不自覺的泛起笑容，她走進家裡。

另一方面，蕭旻言車子才剛行駛沒多久，他就意識到自己沒有告知歐嘉妮時間地點，但下一秒便想說曾宇凡有給她歐嘉妮的手機，這樣也好，他再打電話聯絡即可，可是誰知道，翻遍了整個辦公室桌就是沒有看到那張有個十位數字的字條，回想起下午的一切，當曾宇凡遞給他字條的時候，他撇撇嘴，然後——

然後他的目光看向垃圾桶，裡頭空空如也，醫院裡面本來就會有一些定期來清垃圾桶的伯伯們四處走動，這些伯伯們會走進各個醫師們的辦公室裡面做清潔，蕭旻言鐵青著臉色坐在辦公椅上，一時之間的不知道該怎麼辦才好。

他是可以再去跟曾宇凡拿她的聯絡方式，可是，話都講死了，他才拉不下臉。

蕭旻言他苦惱著，說此時那時快，曾宇凡輕敲了敲門，走進來將一件包裹放在別的醫師辦公桌桌上，與他對上眼的時候她愣了愣，「旻言醫師，你在啊？剛剛部主任在找你欸！」

「老宋找我？」不會吧？只不過是從醫院偷溜出去不到一小時的時間，就被抓包了嗎？

「好像有個合作案想找你討論，部主任現在在辦公室哦！看你要不要現在去找他。」曾宇凡說著，轉身又要離開辦公室，蕭旻言趕緊叫住她。

「宇凡。」

「啊？」

「就是——」

「什麼？」

「就是那個——」他很想打自己的嘴巴，才幾個字而已怎麼就不敢講出口？是在害羞什麼？是在不敢什麼？又不是要跟她告白啊！更何況人家名花有草，他對她也沒那個意思，就只是把她當作是普通的女同事而已，那他到底是在不敢什麼啊啊？

「旻言醫師？」曾宇凡歪著頭，「你還好吧？剛剛消失這麼久……跑去哪裡啦？」

「沒有啊！」他立刻否認，「我才沒有去找歐嘉妮。」目光停在電腦螢幕上面，全然沒有意識到自己講了什麼話。

「原來你去找嘉妮?!」曾宇凡聽了傻眼，這……神進展啊？下午的時候明明怎麼勸他都不動於衷，現在怎麼突然開竅了？

「我才沒有去她家找她！」他用力的否認，此地無銀三百兩。

「你還去嘉妮的家找她啊？」曾宇凡的嘴型形成了一個圓圈，她訝異的看著蕭旻言，不得了了，真是不得了了……

「曾宇凡，我剛都說我沒有找歐嘉妮了。」他有點生氣。

曾宇凡歪著頭，茫然的表情，這人生什麼氣啊？

「好啦，你沒有找歐嘉妮，但部主任找你。」說完，她轉身正要離開，蕭旻言再度叫住她。

「宇凡。」

「怎麼？」

蕭旻言咬牙，覺得牙痛，明明這麼簡單的事情卻難以啟齒，曾宇凡納悶地看著他，過了幾秒鐘，他卻都沒有開口說話。

「旻言醫師，你要跟我說什麼嗎？」

他深呼吸，一氣呵成，「把歐嘉妮的聯絡方式再給我一次。」說完，他眼神飄移，也不知道怎麼的不敢對上她的眼睛，整個人就像是做錯事情的小孩，但仔細想想，他蕭旻言根本就沒有做錯什麼事情啊！

「我下午不是有給過了嗎？」曾宇凡說。

「不見了。」

「不見了……喔，好啦，你快去找部主任，我等等再寫一次字條給你。」她說完率先離開辦公室。

曾宇凡一離開後，蕭旻言不禁握拳，心裡喊了一聲YES，下一秒鐘咳了咳，理了理領子，佯裝無事的走出去，在經過曾宇凡辦公桌的時候她給了他字條，接下後他趕緊塞進口袋裡面，然後敲敲部主任辦公室的門。

約莫半小時的時間過去，當蕭旻言走出部主任辦公室的時候，曾宇凡正用一臉詭異的微笑看著他。

「宇凡，不要這樣對我放電，不然霍梓晨可是會生氣的。」

「誰對你放電了？」她瞪了他一眼。

蕭旻言瀟灑地揮手離去，看著他的背影，曾宇凡覺得他似乎正常多了。

「果然我還是天底下的一大帥哥，無人能敵。」坐在辦公室前面，他拿出抽屜裡面的小鏡子，對著鏡中的自己說話。

是吧？他最帥，他是醫院選美比賽第一名，他擁有很多的粉絲，只要女同事看到他都會朝著他眉開眼笑的，這樣子完美的蕭旻言現在是在怕什麼？

他的目光移到手機上。

有什麼好怕的？就只是撥一通電話而已啊！手指按了按就可以撥出去了啊！

好不容易拿到了歐嘉妮的手機號碼，他現在卻膽怯了，全身每個細胞都在緊張發抖。

不遠處，曾宇凡站在霍梓晨的辦公桌旁邊，與霍梓晨兩個人的目光望向不遠處的蕭旻言，從剛剛就看到他不停的對著鏡子裡的自己說話，又看著手機喃喃自語，頭髮摸了好幾次，雙手也互相摩擦了很多次，整個人看起來非常躁動不安，好像全身長滿了蟲子一樣，不停的動來動去，差只差在真的癱在地上蠕動了。

「我第一次看到旻言醫師這樣子……」曾宇凡說。

霍梓晨眨眨眼睛，輕嘆口氣，「只是打電話邀約，有什麼難的？」

曾宇凡看向他，輕打了他的肩膀，「還敢說？當初你也不敢約我啊！還不是我倒追你的？」

「我——」他抿著唇，無言以對，畢竟曾宇凡說的是事實。

她與霍梓晨兩人的緣分起源於高中，然而卻因為誤會而漸行漸遠，徐徐時光，再度在職場重新相遇、進而重新相愛，有時候的緣分老天爺會幫上一部分，而剩餘的大部分則是要靠自己，這樣子的緣分才能夠未完待續。

若自己依舊在原地無法前進，那肯定不會有任何改變的，就像這些日子的蕭旻言與歐嘉妮一樣。

可如今，身為幕後推手的曾宇凡看到蕭旻言像孩子一樣的性格，她不免覺得有點自豪。

突然間，蕭旻言的手機響起了，他嚇了一跳，不禁咒罵一聲，看著上頭的電話號碼，他不禁欣喜，一個數字一個數字的跟字條上的數字對上，這通電話是歐嘉妮打來的！

手機像是在發燙一樣，在他的手上抖動了一下，他咳了幾聲，裝作鎮定，伸出手指滑了螢幕。

「喂？」還故意裝冷淡。

這樣的行為看在曾宇凡眼中不禁讓她笑了出聲，下一秒她趕緊摀住嘴，與霍梓晨互看了幾秒，兩人繼續默默的觀察起蕭旻言。

蕭旻言從座位上站起身，手指不自覺地桌上敲了敲，再度一聲，「喂？」

『蕭醫師，我是歐嘉妮。』歐嘉妮的聲音從電話的另外一頭傳來，蕭旻言的嘴角不禁泛起了一個弧度。

「我知道，有什麼事嗎？」他的下巴抬高。

歐嘉妮沉默了幾秒鐘，『蕭醫師你今天下午提到明天的邀約，但時間地點我不曉得。』

「哦，你說明天啊？」他抓起自己的頭髮，「明天晚上七點，我去妳家接妳。」

『我家？我可以騎車過去……』

「女孩子晚上騎車很危險，妳爸媽沒有跟妳說過嗎？」他蹙眉。

『沒有。』她一直都是這樣子的啊！

「……」深呼吸，「不管，到時我會開車去載妳，就這樣。」說完，他掛上了電話。

掛上電話後，他沉重的吐了口氣，轉身卻看到兩人四隻眼睛正在某處直盯著他看，一見到曾宇凡與霍梓晨的目光，他嚇了一跳，眼睛不禁瞪大。

曾宇凡搖搖頭，「旻言醫師，你平常講話明明就很熱情，怎麼剛剛講電話就這麼冷淡？」

「男人，跟女人講話要溫柔一點。」霍梓晨跟著補了一句。

蕭旻言滿臉黑線，「你們什麼時候在的？」

「我從剛剛一直都在啊。」曾宇凡回答，這樣的答案更讓蕭旻言無語，從一開始他的緊張，他的失措，他的慌張，他佯裝出來的鎮定，全都被看光光了，這下好了，他的一世英名會不會就毀於一夕之間？

事實證明他想太多了，曾宇凡雖然覺得這件事情很有趣，但她並不是一個八卦愛到處講閒話的人，要論八卦，誰能比得上蕭旻言本人？而且當初她跟霍梓晨還沒在一起時不就是蕭旻言他在晨間開會的時候故意透露曾宇凡喜歡的人在外科部。

霍梓晨淡然的看著蕭旻言，他摸了摸下巴，眼眸中流逝出一些趣味。

幽默風趣的蕭旻言遇上了冰山美人歐嘉妮，兩人之間會擦出什麼樣的火花呢？

一接觸到霍梓晨的表情，蕭旻言有點不悅，一股說不出來的滋味在心中蔓延而出。

他是不是把他當作某台經典節目裡面的男主角了？

天地有情、人生無常，命運就像是一張網讓人掙不開也逃不脫，一如蜘蛛活在自己編織的網中，吞噬獵物也等著被獵物吞噬，在人生的舞台上女人始終扮演弱者的角色，擺脫不了依附男人的命運，一如困在網中的蜘蛛，這張命運的網，我們稱之為藍色蜘蛛網。（取自於電視節目藍色蜘蛛網經典台詞）

在舞台上，聚光燈打在了他的身上，蕭旻言意氣風發地咬著一朵鮮紅色的玫瑰，這玫瑰的顏色有如血一樣的豔麗危險，下一秒，鏡頭移到了一名女人的身上，歐嘉妮微微蹙著眉，眼眸中沒有任何一點溫度在，面無表情地站在不遠處盯著蕭旻言看。

於是，兩人之間的愛恨情仇從此展開……

「該準備下班了。」曾宇凡的聲音將蕭旻言的靈魂從他的小劇場深淵拉回。

蕭旻言回過神，看到曾宇凡與霍梓晨兩人一前一後的走來，在經過他身邊的時候微笑的對他說了聲明天見，他滿臉黑線的揮手，在他們倆消失在門後，他雙手摀著自己的臉，此刻只覺得想死啊啊啊。

不過他振作的速度很快，拍拍臉頰後，開始上網找尋明天要帶歐嘉妮去吃的餐廳。

第九章

歐嘉妮有點緊張的在家中等著蕭旻言，問她為什麼要覺得緊張，她也說不出個所以然來，只是同事相約出去玩而已不是嗎？在學生時期也是經常有異性朋友約她出去啊！可是，過往的那些，甚至包含已經在交往的對象，相比起來並沒有這次來的緊張。

她現在的緊張程度就好像當時她與她第一任男朋友第一次約會時的那種緊張。

父母親得知她要跟同事出去吃個飯，也沒有多問，本來就知道自己的女兒長得漂亮，難免吸引很多異性友人來追求，但從以前到現在傷她最深的還是前陣子分手的那位，雖然嘉妮不說，但她父親能夠感覺得出來歐嘉妮對愛情已經心死，也有打算乾脆這一生都不嫁也好，免得再度被人傷，可沒想到，歐嘉妮卻好像振作的很快，可能早已對前男友沒有抱任何希望吧，加上對方不要臉的找上門來，她這次很快的就走了出來。

看著手機螢幕上的時間，歐嘉妮覺得時間差不多了，往家門外走了出去，正巧，蕭旻言開的車緩緩的在她面前停了下來，接著他走出駕駛座，很紳士的走到她面前幫她開門。

「上車吧。」

歐嘉妮本來想說些什麼的，在接觸蕭旻言的那雙眼睛後，她點了頭，上了車。

上車後兩人並沒有什麼交談，蕭旻言直接發動起車子，他也沒有說要去哪裡，沉默就這樣蔓延在兩人之間。

「蕭醫師，那個……」歐嘉妮打破沉默。

又是這聲蕭醫師！蕭旻言聽在耳裡實在覺得不是滋味，他抿著唇，裝作沒有聽到。

她跟他有這麼不熟嗎？為什麼她對他始終都要用這麼陌生的稱呼？

「我們要去哪裡？」她問，轉頭看向他的側臉，外頭的天氣已經黑了，昏暗的空間內，他的側臉因為外頭偶爾閃進的燈光一明一暗的，勾勒出他俊俏的輪廓，也連流出一股說不出的神祕感。

蕭旻言差點咬到自己的舌頭，「這個時間點，當然是去吃晚餐。」

歐嘉妮點了頭，沒了聲音，覺得自己問了個蠢問題。

接下來一路上兩人都沒有開口說話了，約莫二十分鐘後，蕭旻言的車子緩緩駛入餐廳附設的停車場，停好車後，他淡然的說了聲：「下車吧。」

歐嘉妮這才發現蕭旻言帶她來到一間高級餐館，最低價位要千元起跳，之所以會知道是因為前男友也經常帶她來這種高價位的餐館，不僅服務好氣氛也好，雖然來過很多次，但她還是不怎麼喜歡這種店，並不是價格的問題，而是整體給的感覺，雖然店裡呈現的一切都很高級，可是總有一股說不出的疏離感。比起平價美食熱炒店，店裡雖然吵得要命，店員與客人說話都需要嘶吼才聽得清楚，但卻顯得親民許多。

服務生將他們兩人帶入座後，給了菜單為他們介紹起餐點，之後離開。

歐嘉妮連看都沒有看，就將菜單放在桌上，蕭旻言見此忍不住問：「妳看完了？」

「這家餐廳我來過幾次，每次點的東西都一樣。」

他挑眉，「妳來過？」

「對，我跟前男友來過。」她這樣回答。

蕭旻言聽到時拿著菜單的手不禁出力，他倒是忘記她的前男友渣男也是一位富二代，愛好面子的他理所當然的會帶歐嘉妮去一些高級餐廳了，估計每星期都在吃101樓上的餐廳吧，預祝他早年就得痛風，並且時常發作！

思考結束，他放下菜單，「若這裡會讓妳勾起難過的事情，要不要換一家餐廳？」他盯著歐嘉妮說。

歐嘉妮愣住，她沒有想到蕭旻言會這樣的想，該說他貼心嗎？可是這樣子的貼心程度又讓她好有壓力。

她連忙擺擺手，「不用，對於他我沒什麼好難過的，這段感情我早就走出來了，如果他最後走的時候還剩餘一點溫柔，或許我會有一絲的留戀，但就是因為他走的時候太過於絕情，我才容易忘卻他的一切，所以我是該感謝他。」一說完後，她才意識到自己說了什麼，這話在蕭旻言面前說出來多麼奇怪啊！

拿起剛剛服務生倒的水杯，她想隱瞞慌張地喝了一口，這樣子的模樣蕭旻言從頭到尾都看在眼底，他不禁淺笑，「人生就是要痛過，才會成長，這句話在妳身上倒是可以應證得到。」

歐嘉妮覺得有點困窘，她的手撫住額頭，明明不習慣在別人面前輕易的說出自己的事，怎麼今天的她有點反常？

「既然這段感情妳已經走出來，那是不是要點些不一樣的餐點？」蕭旻言將她面前的菜單翻開，「不斷的在同家餐廳裡面吃同樣的食物，是一件很無趣的事情，尤其這些食物又是跟某人吃的，就不怕吃的時候會想起他對妳的不好而影響心情嗎？」

「我不會觸景傷情，若會的話我現在早就坐不住了，不過蕭醫師你說的有道理，在同家餐廳吃著同樣的食物，的確是無聊。」歐嘉妮開始翻閱起菜單，開始挑選起她從來沒有挑選過的食物。

蕭旻言搗著頭，怎麼又是那聲蕭醫師？

「嘉妮。」

「嗯？」

「妳是不是覺得跟我沒有很熟？」他這樣一問，沒想到歐嘉妮卻點了頭，這連思考都沒有思考就瞬間的點頭讓他有點無語。

「雖然比起其他人跟你沒有很熟，但我可以感覺的到你是個很好的人。」她說。

在她的眼中，他一直是個耀眼的存在。

蕭旻言微微蹙眉，他這是被發好人卡了嗎？

他是個意氣風發的好男人，拜託全世界這樣子的人都快要絕種了，怎麼可能會被發好人卡？不怕良好的基因就此滅亡了嗎？

摸摸下巴，蕭旻言自動把歐嘉妮那句話省略過，他沉著聲音問：「這些日子，妳過得好嗎？」

一問，他就立馬後悔了，他們也才一個多月的時間沒有聯絡，講得好像兩人已經分開好幾年似的，那在此之前是不是要上演一段哭天吶喊的久別重逢戲碼？

但，分開的這些日子裡，她都不曾想過他嗎？他好想問啊！真的好想好想問啊！

「算……還好。」歐嘉妮回答，語調非常的平靜，那雙眼眸透露出來的神情看起來好像一副已經了解了人世間的一切，好像已經看透一切的風塵，好像……好像對這世界上所有所有的事情都已經不在乎了的樣子，那她在乎什麼呢？家人嗎？

蕭旻言望著她，才將近二十七、二十八歲的年華，怎麼會有這種心幾乎要死透的表情在？心臟不禁抽痛了一下，連他自己也沒有想到，此刻的他竟然會因為她一個表情而微微心疼。

「歐嘉妮，妳好像過得不快樂。」他說。

歐嘉妮抬眸，對上他的眼睛，一時之間不知道怎麼回話。

快樂？這個詞，距離她很遙遠了吧？

前陣子前男友帶給她的傷痛，母親對她充滿暴力的言行舉止，生活中好多好多的事情早已一點一滴的剝奪走她的快樂，她能快樂嗎？她根本就快樂不起來。

「我……」她搖搖頭，「還好。」又說出了這樣模稜兩可的答案出來。

蕭旻言看著她，從認識她到現在，她總是一副疏離感，不會想主動與人拉近距離。

一頓飯吃下來，兩人有一搭沒一搭的聊著天，雖然蕭旻言早就知道自己有可能會有些受挫，可他因為早已有了心理準備，他沒有覺得灰心與失望，眼前這女孩曾經被傷的太重，若要對他敞開心扉，估計還要一大段時間吧。

「妳人生中有沒有想做的事情?或是，有沒有什麼願望?」當最後一道甜點送上的時候，蕭旻言問。

歐嘉妮愣了愣，她眨眨眼睛，「蕭醫師，你為什麼要問我這問題？」

「妳說說，說不定我可以當妳的哆啦A夢，可以實現妳的願望。」

「願望……」她低下頭，腦中浮現出一個人的面孔，這個人是她的哥哥。

輕輕地搖了搖頭，「我這願望……是不可能實現的。」

「怎麼說？」見到歐嘉妮一臉猶豫，他又趕緊說：「罷了，妳如果不願意說也沒有關係。」

歐嘉妮看著蕭旻言，經過了幾秒鐘，她才緩緩道出：「如果這願望可以實現，那我希望用在我哥哥身上，他在前幾年發生車禍，送來醫院搶救失敗，從那天過後，我們家就變了……」

變得不再幸福，變得只有不停的爭吵與壓力，變得不再美好，變得只有不堪入耳的言語攻擊與不悅。

蕭旻言瞇起眼睛，看到歐嘉妮垂下臉將甜點吃完，他彈了一下手指要她抬頭，微微一笑，「走，我想到要帶妳去什麼地方了！」

「啊？」歐嘉妮愣住，她原以為吃完一頓飯就結束了。

結果，蕭旻言帶她來到了河堤處，要到河堤處的中途，他還停在了某個地方，說要去購買一些東西，歐嘉妮當下沒有多問，就看到他把購買的東西放進後車廂。

河堤偶爾的涼風吹來，有幾個人在散步幽會，歐嘉妮下車後看到蕭旻言人站在後車廂那，她一個人望向一大片昏暗的草原，等待著。

過沒多久，蕭旻言拿了一長條的紙袋，「走吧！」

「那是什麼？」她納悶。

「你們女生不是最喜歡玩仙女棒的嗎？我剛買的。」他嘿嘿笑。

歐嘉妮就這樣看到他在她面前點燃了一支仙女棒，璀璨的花火瞬間散開，蕭旻言真心覺得他做了一件浪漫的事情，將點燃的仙女棒交給歐嘉妮後，他又點燃了另一支。

歐嘉妮低頭看著那火花，耀眼的讓她移不開眼睛，她就這樣愣愣地看著火花消逝。

蕭旻言又塞給她一支，她同樣看著火花消失。

「小姐，仙女棒不是這樣子玩，妳沒有玩過嗎？」蕭旻言說的同時，將點燃的仙女棒在空中畫圓，歐嘉妮看著那光點在高速下形成了一圈又一圈的圓，而這些圓又快速的消逝，空氣中殘留著一股煙火的殘留焦味。

「仙女棒在快速移動過程會燃燒的比較快，所以我才靜靜的觀望。」歐嘉妮淡然的說，再次望著仙女棒在她手中燃燒殆盡。

每個人都會留戀著美的瞬間，因而小心翼翼的觀望甚至是保護，深怕這樣美麗在下一秒就會消逝。或許人的感情就像是這樣子，每個人都貪戀著這其中的美好，害怕這樣的美好會隨時消失。

「這不就跟人生一樣嗎？妳要平平穩穩的過完平淡的一生，還是要竭盡所能的燃燒生命過得精采？」蕭旻言在說這句話的同時嘴角微微翹起，下一秒卻懊惱得收起笑容，他到底是在講什麼鬼話？這種有深奧又有道理的話哪個人在放鬆之餘會想聽？

可在下一秒他卻看到歐嘉妮在半空中開始畫起了圖，她不像他一樣只是畫圓，但又不是隨意的在揮舞。

「妳在畫什麼？」他不禁問。

「我在畫蝴蝶。」

「蝴蝶？」

「我哥留下了一位女兒，她叫做小晴，很喜歡蝴蝶，希望我有一天可以帶她去蝴蝶樂園看蝴蝶。」

又是這感傷的回憶！

雖然蕭旻言不是很喜歡聽這些傷心事，但換個角度想，以往總是冷若冰霜在面對人都會築起高牆的歐嘉妮，如今肯跟他說這些，是不是表示她對他已經稍微敞開心房了？

好吧，如果真是這樣子，那他是該高興。

「剛剛在餐廳妳說妳哥車禍過世了，那妳嫂嫂呢？」他問。

「我嫂嫂……」此時，她手上那支仙女棒的火花消逝，一縷煙絲緩緩飄上，她的聲音也在這瞬間飄走。

「妳不想講沒有關係。」蕭旻言又重新點燃了一支新的仙女棒給她。

「蕭醫師，不好意思讓你破費了。」她接過仙女棒，抿著唇。

「妳覺得我會在意這種小錢嗎？」他擺擺手上的仙女棒說：「這小小的行為能讓妳的心情變好，這些都沒什麼。」即便心中覺得自己的所作所為非常的偉大，但他還是明白謙虛這兩個字怎麼寫。

歐嘉妮愣愣地看著他，不禁笑了，但是她這樣的笑容在黑夜中蕭旻言沒有發現到。

「我嫂嫂……跟別的男人跑了。」

「啊？」蕭旻言傻眼。

「我覺得人嘛……多多少少是現實的，在結婚當時所說的諾言，什麼一生一世永不分離，確實，在當年他們結婚的時候非常的相愛，非常非常的幸福，隔一年小晴就出生了，小晴一出生之後所有的生活開銷壓力緊接著來，我哥跟我嫂嫂因此經常吵架，最後嫂嫂在尋樂之餘認識了一名小王，沒多久她就遞上了離婚協議書，可笑的是我哥車禍身亡的那一天，剛好是他們的結婚紀念日，剛好是……我哥決定要把她追回的那一天……」

那天，歐嘉妮的哥哥一得知自己的老婆要跟那男人出國的當下，開著車，高速的行駛在前往機場的道路上，然而最後迎接自己的不是妻子，而是死神。

「從那天後，我媽就告訴我要嫁給一位有錢人，就算這個有錢人之後對婚姻不忠有了第三者也沒有關係，因為錢能解決一切，我最好懷孕，這樣能拿得財產更多，對她來說錢就是萬能，若不是因為金錢的問題，嫂嫂怎麼會跟我哥吵架？又怎麼會跟一位有錢人跑了呢？」歐嘉妮深深地閉上眼睛，嘆息著自己哥哥的一生，想當年他非常的疼愛著嫂嫂，簡直寵上了天，可是付出去的真心卻換來了對方的冰冷絕情。

歐嘉妮自己也是一樣，起初非常的愛自己的前男友，同時也相信那男人的眼中只有她，然而，命運就是愛捉弄他們歐家，不僅哥哥的婚姻出現決裂並且身亡，就連自己在感情上也遭遇到背叛。

當愛上了一個人，就是賦予對方傷害自己的權力，彼此不熟悉的人說了一句狠話會不痛不癢的，可這句話用在彼此相愛的人身上卻有可能造成千瘡百孔的結果，愛越深，所受到的傷害越大。

就如她哥哥、她自己，付出了一堆愛，卻遭受到絕情的背叛。

或許終老一生，對她來說是個輕輕鬆鬆的人生。

說完了這些，見蕭旻言始終都不說話，連仙女棒也都不再點燃了，她收回目光，望向蕭旻言，「讓蕭醫師見醜了。」她嘲笑著自己。

「不是這樣的歐嘉妮。」蕭旻言說：「妳不應該一竿子打翻所有的男人，不是每個男人都這麼無情的。」

「這我知道，在這世界上好的人還是很多，或許是我自己還沒有遇到。」

蕭旻言微微挑眉，覺得她的眼睛瞎了，拜託，眼前就有一個好嗎？眼睛睜大一點好不好？明明眼睛長得這麼大，目光所及之處卻有限，這真是讓他無言以對。

他輕咳了咳，「或許妳早就遇到了，只是妳沒有發現。」他繼續暗示。

歐嘉妮望向蕭旻言，她不是不懂他的暗示，只是不知道該拿他怎麼辦。

在前陣子的離職之際，她可以很清楚也很明白的知道自己不喜歡他，只覺得對方是一位古怪自負的醫師，即使如此，卻是一位善良熱情的醫師，可直到現在為止，說不曾動心過是假的，這麼閃爍的人站在她面前，她怎麼可能不動心？

只是，只是……

只是她真的不配擁有。

「在感情裡，從以前到現在都是相遇、相愛、分手，接著再相遇、再相愛、再分手，這樣子的戲碼不斷的在上演，運氣不好的人上演好幾次，運氣好的人可能只要上演一次，可是，在經過好幾次好幾次的上演，心是會累的，而且那些上演一次的人，最後也不一定就會從此的幸福下去，有的人會有一些變卦的，不然怎麼這幾年的離婚率節節高升，結婚率反而降低。」說到這裡她搖搖頭，從她那無聲的嘆息中可以察覺她的無奈感與絕望感，對於感情，她真的好累好累，累到不想再擁有了。

她好像永遠都無法真正擁有一個人，前男友是她的第三任男朋友，這三任有兩任都是因為對方劈腿而分手的。

「歐嘉妮，如果妳害怕分手，那就去談一場永不分離的戀愛。」蕭旻言說。

她失笑，永不分離的戀愛嗎？她怎麼可能擁有？她不配啊！

「一定會有一個人真心誠意的對待妳，妳能不能對自己有自信一點？」

「我很有自信啊……很有自信可以一個人過完這一輩子。」她說。

對於歐嘉妮這樣子的消極想法，蕭旻言抿著唇深思，他深深知道若不是曾經受過很大的傷害，要不然是不會有這些想法的，想起上次見到的那位前男友，當時遇見的時候他就不應該對他這麼紳士有禮，應該直接亂棒開扁才對。

讓這樣的罪人活在這世上，真是便宜到他了。

他咬牙，心中開始幻想著如果改天遇到他的話，先抓住他的頭髮，然後往他的臉上狂揍，最好把他揍成豬頭，腫到連他親生媽媽都認不出來，然後關在豬圈裡面生活一輩子。

當最後一支仙女棒點完，歐嘉妮將燃燒殆盡的棒子集中起來，打算等等拿去處理。

此刻仙女棒全數點燃完畢，這短暫的美夢該清醒了。

燦爛的絢麗只維持住短短的時間，那就夠了，真的夠了……

沒想到這時候蕭旻言卻突然握住她的手，他沉穩的聲音傳來，「嘉妮，那我呢？我不能嗎？」這真誠的聲音聽在歐嘉妮的耳裡時，平靜的心湖泛起了陣陣的漣漪。

他不能待在她身邊嗎？

她愣住，不禁說：「……但我沒有很好啊……」

「妳怎麼不好了？」

「我……我的身世不好，個性也不好，全身上下沒有任何一個優點在。」

「那是妳自己的認為，妳有問問其他人對妳的看法嗎？」這句話讓歐嘉妮啞口無言，蕭旻言接續說：「妳問問妳同事了嗎？妳問過曾宇凡跟羅少菲了嗎？就算妳否定了妳自己，但妳有沒有聽過別人對妳的看法？」

她沒有說話，蕭旻言繼續說下去：「他們若不喜歡妳，他們會跟妳當朋友嗎？他們會跟妳相處嗎？會跟妳來往嗎？妳有妳自己的心魔與不自信，但妳不可以否定每個人對妳的喜歡，妳有沒有聽過每個人對妳的正面評價？」

講到這裡蕭旻言的臉色沉了下來，為什麼他這位鼎鼎有名的帥氣住院醫師要在這邊像個諮詢師一樣的幫助別人？

平常他的確不怎麼喜歡跟負能量過多的人相處在一起，但人本來就會有沒有自信的時候，包含他自己也是，從醫學生到現在的住院醫師，中間的路途看似順順利利，但其實過程中也經歷了許許多多別人不知道的事情，他也曾經沒有自信過，可是他還是走過來了啊！

他的話讓歐嘉妮搖了搖頭，她實在想不透，她這樣子的人有什麼好被人喜歡的？

沉默了一陣子，她望著蕭旻言，不禁問：「蕭醫師，那你呢？你怎麼想我？」為什麼……會喜歡她呢？

面對她這突來的問題讓蕭旻言傻愣住！

他不是沒有想過自己怎麼會喜歡上她的原因，他想過了，可是就是想不透，然而就在當下這個瞬間，彷若被雷擊到一樣，震了一下，他明白自己為什麼會被她吸引的原因了。

因為她身上有著一份傲骨，這份傲骨在寒冬冰天雪地中越顯著、越綻放出它的美麗，有著一份讓人忍不住想要好好珍惜的憐惜，所以他喜歡上了。

這感情真的很莫名其妙，連蕭旻言自己也無法想透。

輕吐了一口氣，他說：「反正！妳，妳比妳想像的還要好。」拜託，他是不是除了當住院醫師以外也可以去當心理諮詢師了？引導一位充滿負能量的人迎向正面的光明面，他乾脆創個教來收信徒好了……

等等不行，還是算了，如果這些信徒是因為他的顏值而來，那他會很懊惱，他可不想當藝人啊！他只想當醫師。

歐嘉妮垂下眼，沒有說話。

蕭旻言再度又說了一次，「真的，妳比妳自己想像的還要好！」

她抬眸，還是沒有說話，反倒蕭旻言被她盯得有點不自在。

「幹……幹麼啊？」

歐嘉妮搖搖頭，微微一笑，這笑容是真心的笑容，「蕭醫師，謝謝你，你人真的很好。」

「哈哈……」哈哈，好人卡從她身上收了好幾張，他只能乾笑幾聲。

算了，就來看看好人卡收集十張會有什麼獎品吧……

約會結束後，蕭旻言將歐嘉妮送回她家，歐嘉妮再度客氣的道了謝，解開安全帶，轉身開啟車門，雙腳踏了出去。

蕭旻言看著她的身影消失在自己的面前，有點失望的轉過頭，抿了抿唇，撫摸額頭。

歐嘉妮在車門即將要關上的時候突然探頭進來，「蕭醫師。」

「嗯？」他轉過頭看她，眼眸中有點驚喜。

「我偶爾可以傳訊息給你嗎？不會太常。」

「可、可以啊！」他點頭。

「好，謝謝你，你真的是個好人。」說完後，車門關上。

回家前還不忘丟一張好人卡給他，他是該哭還是該笑啊？

蕭旻言看著她的身影消失在她家門口後，將車子駛離，在駛離的途中，嘴角卻忍不住上揚了幾個角度。

第十章

約莫過了兩個星期，一名稚嫩的女孩怯怯地跟在黃博士的身後，兩人一前一後的走進曾宇凡的辦公室裡面，「宇凡，這是新來的研究助理，叫陳秀怡。」黃博士向曾宇凡介紹著，她身後的這名女孩頂著粗框眼鏡，有點害羞的對她淡笑。

「妳好，歡迎妳來，但部主任去巡病房了，可能改天再來打招呼了。」

「沒關係，反正以後常見得到。」黃博士說。

將手上的那份資料交給曾宇凡後，黃博士帶著陳秀怡走出秘書辦公室，陳秀怡的雙眼好奇的盯著各個辦公室大門，就像之前歐嘉妮來的時候一樣，也跟其他新進人員一樣，眼珠子都會好奇地望著每個辦公室的門。

她簡單的向她介紹，「這裡就是所有外科部醫師的辦公室，有住院醫師，有主治醫師。」

陳秀怡點點頭。

此刻，住院醫師辦公室的大門被開啟，蕭旻言從裡面走了出來，他身上穿著手術服，明顯的要前往開刀房。

見到黃博士人站在外頭，他朝她微微一笑，邊哼著歌離開。

此刻曾宇凡擺擺手，走過黃博士的身邊，將一疊文件放在文件收發處的地方，「這人最近可開心的了！」

「誰？蕭醫師嗎？」

「對啊！」曾宇凡笑了笑，「前陣子像個失戀男子一樣，最近倒像個談戀愛的小男孩一樣。」

「談戀愛？」黃博士愣住。

「哈哈哈，對啊！」說著，曾宇凡走進了辦公室裡面。

「蕭醫師跟誰在談戀愛啊？」

曾宇凡的微笑僵住了一兩秒，笑容更加的深，「這個人妳也認識哦！」偷偷報復一下當年蕭旻言在開晨會的時候亂說她喜歡的人在外科部的仇。

既然他可以大嘴巴，那她為何不行？

「我也認識？誰啊？」黃博士納悶的看著她。

「提示就到這裡，我不能講太明，哈哈。」她說著回到了自己的座位坐好。

可黃博士還是一臉納悶的模樣，最後她帶著新來的研究助理一起離開。

曾宇凡回想起前陣子還在那邊『人，為什麼要活著？』的蕭旻言，現在恢復成以往的模樣，忍不住笑了起來。

然而，蕭旻言與歐嘉妮兩人並沒有在交往，兩人只是維持著偶爾會互相傳訊息的好朋友而已，就連見面也都沒有再見面了。

又過了兩星期的時間，歐嘉妮帶著母親回醫院回診，她還是一樣沒有告訴其他前同事她來醫院的消息，本來行事就低調的她，誰都沒有說。

在等待門診的時候，她撞見蕭旻言人雙手插在白袍口袋中走著，他的嘴唇微微的嘟起，遠遠望過去應該是在吹口哨，有幾位經過的護理師與他打招呼，他熱情地揮手笑著。

歐嘉妮看著不禁笑了，這人的魅力依舊無法擋，還是這麼的受歡迎。

轉身告訴身邊的母親要她稍等一下，她起身悄悄的往蕭旻言的方向走去，當蕭旻言走到電梯處，他傾身按了一下電梯，最後拉拉白袍上的領子，看著電梯上方的數字開始下滑。

因為目光直盯著那變動的數字，他並沒有發現此刻出現在他身後的歐嘉妮，歐嘉妮站在他的斜後方，猜想著他到底什麼時候會發現他。蕭旻言隱隱約約的察覺到後面有人在看他，他早就習慣不管走到哪兒都會這樣被人注目了，加上他不小心得到了選美比賽第一名，有時候在醫院裡面走動還會有一些婆婆媽媽問他是不是單身而想將女兒介紹給他呢！唉，真是受不了自己的魅力這麼大，而且還無限增值的成長中。

「蕭醫師。」歐嘉妮喚了一聲。

蕭旻言聞聲轉頭看到歐嘉妮的瞬間愣住，「……是……是妳啊！」他眨眨眼睛。

「嗯。」她說：「我帶我媽媽來醫院回診。」

蕭旻言點頭後，目光突然飄向某處。

歐嘉妮覺得有點不對勁，「……怎麼了？你在忙嗎？忙的話我就不打擾你。」

「不是啦……我剛剛還以為妳是我的瘋狂粉絲，從精神科門診跟著我走到這裡，這路途起碼也有一百公尺左右。」他收回目光看著歐嘉妮說。

歐嘉妮一聽到後滿臉黑線的看著他，瞬間無言，他是在暗示她竟然跟蹤自己跟蹤了一百公尺嗎？

「有時候被粉絲跟蹤真的會受不了啊！妳知道的。」他摸摸自己的髮，裝作一臉懊惱的模樣。

「我……我怎麼可能會知道這種事情？」她依舊無言。

蕭旻言的目光再度看向某處，接著朝著歐嘉妮踏了一步，伸手搭上她的肩膀，輕輕地將她摟了近，歐嘉妮愣了，本能地想推開他，但下一秒又想到蕭旻言並不是那種會對異性毛手毛腳的人，於是她秉住氣息，神情有點緊張的看著他。

果真，蕭旻言說：「妳後面不遠有個中年男子從剛剛就一直在看妳，是認識的嗎？」

歐嘉妮昂首瞠眼，兩人這才意識到之間的距離過近，有點不自在的分開，歐嘉妮也趁著這時間空隙悄悄的往後方看，她發現有名中年男子有點慌張地離開。

「時常被搭訕嗎？」蕭旻言問，他想起很久以前在咖啡廳遇見那有夠爛的搭訕手法。

「也沒有。」她回答。

「不可能沒有被搭訕過吧？」他一臉不信。

「有時候會。」

「不懊惱嗎？」

「是有點懊惱。」

「這我能夠明白，我有時候也很懊惱，長太帥就是會有這種困擾，可是我也不能去做一些毀容的事情，這樣多對不起我爸媽啊！」他摸摸下巴。

歐嘉妮的白眼簡直快要翻到地球的另外一邊了。

此刻，電梯來，但蕭旻言並沒有要進去電梯的意思，左右兩旁的幾個人匆匆的走進電梯，最後，電梯外只剩下蕭旻言與歐嘉妮兩個人。

「蕭醫師，你真的不忙嗎？」歐嘉妮問。

「不忙啊！」他透過電梯門的反射，查看自己的儀容，確認無誤後，「妳不是帶妳母親來回診嗎？」

「啊……」歐嘉妮輕聲地叫了一句，從剛剛離開到現在應該過了五分鐘了！她慌張的轉過身，往前走幾步又再度轉過頭看向蕭旻言。

「確認過眼神。」無頭無腦的一句話蹦出來。

接著，蕭旻言彈了一下手指，「走吧，我順便跟妳媽媽打聲招呼。」
「啊？」歐嘉妮愣住。
「還啊？走啊！」
「可是……」
蕭旻言不管什麼可是了，直接抓住她的手腕，往精神科門診過去。
還好歐嘉妮的母親人還坐在椅子上沒有亂走，歐嘉妮鬆了一口氣，快步的走到她的面前，將她身後的蕭旻言介紹給她認識，「媽，這是我前同事，蕭醫師。」
為什麼明明知道自己會被對方的長輩討厭，但蕭旻言卻還是覺得要來打招呼呢？
不知道欸……或許，多個理由可以繼續待在她身邊吧？多個幾分鐘的時間也行。
「阿姨您好。」蕭旻言客氣的說。
歐嘉妮的母親看著他，腦子逐漸清晰，「是你……」
「對，是我，我叫蕭旻言。」
她非常不給他面子的直接對著歐嘉妮說：「嘉妮，我不是說不要跟他往來嗎？」
「媽，他是我前同事，幫了我很多的忙，為什麼要我不要跟他往來？」歐嘉妮有點難為情，特別是這句話還是母親在對方面前說出，多不給面子啊……
蕭旻言搔搔頭，看來要得阿姨的芳心，他還得多多的努力了。

「染這種顏色的頭髮，一看就不是個正經的人，還穿著醫生袍，裝模作樣的。」

「……」歐嘉妮與蕭旻言頓時無言，搞了半天，原來她母親討厭他的原因是因為他這頭褐色頭髮。

「阿姨，但我不能染黑啊！」

「想跟我們家嘉妮交往，服裝儀容先合格。」

「……」

但若染成了黑色，他的顏值會更加的破表啊！

蕭旻言歪頭的看著歐嘉妮的母親，怎麼看都覺得對方不像初次見面的那樣瘋言瘋語，這樣子的人怎麼會來看精神科疾病嗎？

「媽，他沒有要跟我交往啦！我們就只是同事的關係。」歐嘉妮說。

蕭旻言眉頭一皺，案情不是這樣子發展的啊！他冷冷地說：「誰說我沒有要跟妳交往的？我不是都說我喜歡妳了？是妳真的聽不懂，還是在裝傻啊？」

這樣子的話一出來讓周圍的人傻了眼，有的人還倒抽了口氣，而身為當事者的歐嘉妮愣住，眼睛睜得很大，連嘴也是張著。

「想跟我們家嘉妮交往，頭髮先合格。」歐嘉妮的母親說，此刻，門診間的門被一位護理師開啟，她叫了歐嘉妮母親的名字，歐嘉妮才得以逃離這尷尬的場合，可當母親要進去門診的時候，又對著蕭旻言的方向說了一聲，「頭髮給我染黑，染成這樣的顏色很像不良少年。」

待在門診裡頭，歐嘉妮稍微鬆了一口氣，這突來的告白惹得她實在很尷尬。

而在外頭的蕭旻言蹙著眉，撇撇嘴，接著搔搔頭髮，面對歐嘉妮的臨時脫逃他只能無奈以對，不是都已經決定要對他敞開心房了嗎？那怎麼不讓他走進呢？

最後他懊惱的離開。

當母親看完診，歐嘉妮帶著母親走出門診，沒有見到蕭旻言的影子她確實鬆了一口氣，卻也有些失望。

怎麼辦？她到底該怎麼處理才好？

「妳喜歡剛剛那位醫師啊？」母親突然這樣問她。

「媽，我沒有啦……我……我沒有喜歡他啦……」她趕緊否認。

「喜歡就要好好把握啊！妳也都這個歲數了，雖然我還是希望妳能嫁給有錢人，因為這樣一來妳能過的日子更好，而不是像現在這種苦日子。」

歐嘉妮沉下臉，「媽，我配不上他。」她一直以來都有這個自知之明，能夠當朋友就已經夠幸運了，怎麼能夠成為情人？她不敢奢求這些。

她覺得蕭旻言的身邊應該是比她還要優秀的人才對，而不是她。

「喜歡最重要啊！什麼配不配的上的之後再說，若真的喜歡對方，妳再努力成為能夠配得上對方的人啊！」

母親的話讓她愣住，她從來沒有想過自己能夠改變些什麼，但蕭旻言這個人對她來說實在太過於遙遠了，是那種觸不可及的地步，就如同太陽與月亮的地步，所以就算她做出了什麼樣的努力，她也還是配不上對方的。

她再次說：「媽，妳想太多了，我真的沒有喜歡他，他就是一位很好的同事而已。」

最後，兩人一起離開醫院。

而另外一方面，蕭旻言走進辦公室裡頭，在經過秘書室的時候，他直接探頭進去，沒頭沒尾的直接開口說：「宇凡，我的條件很好吧？」

曾宇凡早就習慣了他的自戀，有時候出現都會莫名其妙地說：「我很帥吧？」、「我長得很好看吧？」、「我的顏值高分吧？」等等諸如此類的話，一開始她或許會噴水，某次還不小心把口中的豆漿全數往蕭旻言的臉上噴出去，但久之她對於這些話已經麻痺，揮揮手，直接敷衍道：「是的，旻言醫師你的條件超級好的，然後我要趕資料你不要吵我。」稱讚完後又馬上下逐客令，蕭旻言摸摸鼻子，簡直碰了一鼻子的灰。

可是他沒有離開，依舊站在秘書辦公室裡面，雙手盤在胸前，「你們女生在面對男生的告白，會開心的接受？還是會裝一下啊？」

「什麼？」曾宇凡這下子終於抬頭看他了，「你嗎？」

「什麼我媽？我媽在家裡當貴婦。」他蹙眉。

「……」曾宇凡嘆口氣，口氣立刻轉換成像是媽媽在安慰小孩的模樣，聲音變柔的說：「我們外科部最帥氣的蕭旻言醫師，又遇到什麼困擾啦？」

「我哪有遇到困擾？」蕭旻言說，死要面子就是不肯承認自己有困擾。

「你剛剛說女生在面對告白會怎麼接受……嗯……也要看我喜不喜歡對方吧……」曾宇凡說，捕捉到了什麼事情似的，「旻言醫師，嘉妮是拒絕你了嗎？」

「她哪有拒絕！」開什麼玩笑，他這樣風度翩翩的帥氣男子跟她告白，她怎麼可以拒絕像他條件這麼好的人？

「她沒有拒絕，所以她答應你了？」曾宇凡抓到他的語病，直接說。

她的話讓蕭旻言支支吾吾的，瞬間不知道怎麼回。

「既然她答應了，為什麼你的表情是這樣子？」她又繼續問。

「……唉喲！」突然抓起自己的頭髮，把原本完美的頭髮給弄了亂，他有點懊惱的說：「她逃走了。」

「啊？」

「她沒有拒絕，也沒有答應，直接當著我的面逃走了。」蕭旻言說，這可是他人中的汙點！汙點啊！

曾宇凡傻愣，「旻言醫師你……你、你告白了？」

「喜歡不就是要說嗎？」他反問，因為覺得有點丟臉所以目光有點閃爍。

吼吼吼！真的好煩啊！

敢當著他的面直接逃走？這女人實在欠扁啊！

見曾宇凡遲遲沒有說話，蕭旻言說：「還是真的是因為……我實在長得太俊俏了，她覺得跟我在一起很有壓力，所以不敢答應我？」不自覺的摸摸自己的臉，超級無敵霹靂的懊惱，可是臉蛋是爸媽生給他的，他有什麼辦法？

曾宇凡毫不留情地送給他一記白眼，「旻言醫師，你應該知道嘉妮前男友的事情吧？」

「這件事情是我幫她的我當然知道。」

「受過傷的人很難再次相信愛情，這是她無法勇敢的原因，你能理解嗎？」

蕭旻言微微愣住，垂下眼，眉頭深鎖著。

這些他當然都理解，所以他一直在等她，可偏偏這女人卻要他別等她了！

見到蕭旻言緊緊的抿著唇，曾宇凡用力的拍了他的肩膀，「別氣餒了！以我這旁觀者來看，我覺得嘉妮雖然現階段沒有喜歡你，但對你也是有好感的，否則之前怎麼會沒有見到你就感到失落啊？你就再加把勁的追求她，說不定總有一天她的心會為你打開的。」

蕭旻言挑眉，「真的？」

「我說真的啊！」曾宇凡點頭。

摸著自己的褐色頭髮，他突然說：「好，我晚上去把髮色染成黑色。」

曾宇凡聽不懂，以為自己聽錯，滿臉納悶的表情說：「什麼意思？你幹麼染黑？」

「人家嘉妮的媽媽看到我染髮說我不正經，我聽了雖然哭笑不得，但又仔細想了想，既然這話是出自於未來的岳母大人口中，我好像真的應該聽話照做以展現我的誠意，對不對？」他微微一笑，真誠的笑容浮現。

曾宇凡終於聽懂，她點了頭，「真有你的，那我祝你幸運了。」

「唉，先別急著祝福我，我真的怕我頭髮一染黑我的粉絲越來越多怎麼辦啊？」

「……」收回，收回！當她什麼話也沒有說。

結果蕭旻言並沒有庸人自擾，當隔天他染上黑髮一出現在醫院時，眾多人的目光停留在他身上，蕭旻言本身氣質就出眾，即便他只是靜靜地站在那裡像個雕像一樣什麼也不做的，就是有不少人的目光直盯著他看。

其實從大學時期開始就有不少的星探找上他，只是他對於演藝之路沒有興趣而回絕多次，因為他的夢想就是從醫。

羅少菲與他搭同一班電梯的，她發現同班電梯裡面的女生都往旁邊那男子望過去，起先她沒有發現那人就是蕭旻言，而蕭旻言也沒有主動與她打招呼，看著那件熟悉的外套，她微微蹙眉，目光緩緩地往上移，當看到對方的面孔時，羅少菲不禁驚呼一聲。

「蕭……蕭、蕭……」她語無倫次。

蕭旻言挑眉，他有點不習慣這樣的自己，感覺有點不安全感，「早安，我這樣……會很奇怪嗎？」

羅少菲眼睛不禁瞪大，而且瘋狂搖著頭，「不會、不會……」

「妳為什麼結巴？」他真心納悶。

「因為……」話還沒說完，就被人給打斷，旁邊有個女人大膽的詢問蕭旻言，「請問，可以給我你的Line嗎？」

蕭旻言見狀，冷冷的說：「抱歉，不行。」

羅少菲眨眨眼睛，對於蕭旻言的直接與冷漠有點訝異，他真的轉變了不少，之前若遇到這種情況還會俏皮的眨眨眼睛，然後婉轉的拒絕對方，可如今卻變得冷漠無比，是什麼事情改變了他？

只是羅少菲不知道的事情是蕭旻言只是對於現在的自己有點不習慣，走到哪兒都有人觀望著他，好像他是動物園裡面讓人觀賞的稀有動物一樣。

自己的魅力無法擋他是知道的，但怕的就是會有一窩蜂的女人朝著他興奮尖叫，可能也只是他想太多了也說不定……

「我這樣會很奇怪嗎？」他問。

「不會……挺好看的，我剛剛還以為是哪個韓國藝人蒞臨現場……」

「哈哈，這我知道。」

什麼這你知道？是不會謙虛一下哦？

羅少菲心中白眼無限。

兩人一齊走出電梯，往外科部辦公室走去，走路的過程一直跳出手機訊息的聲音，羅少菲拿出員工證刷開了外科辦公室的門，納悶的看著他，「你手機訊息挺多的，不看一下嗎？」

「我剛剛看過了，有位護理師將我的黑髮帥照傳到外科部型男粉絲頁裡面，現在裡面一堆人一窩蜂的留言，太多了有點懶得看。」他攤手。

「……」羅少菲已經不知道要跟他說什麼了，無言。

此刻，曾宇凡與霍梓晨出現在兩人的後方，曾宇凡燦笑的對著兩位說聲早，卻在看到蕭旻言的新髮色時有點愣住。

「旻言醫師，你真的染黑髮啊？」她杏眼突出，驚嚇到嘴巴都快闔不上了，「帥啊……很帥欸！好像韓國明星啊！」

「妳別再稱讚我了，我可不想被梓晨殺啊……」接受到某人的冷眼時，他哭笑不得的說。

「哈哈哈，他才不會吃這種小醋咧。」曾宇凡說，順勢看了霍梓晨一眼，對方淡然的看了她一眼，沒有任何表示。

「我真的很怕會有一堆人來找我要簽名或是要拍照的欸！這樣我可是很困擾的，若發生了怎麼辦才好啊？」
當下在場其他的三人無言以對的互看，很多隻烏鴉從頭頂上飛過去。
中午休息時刻，蕭旻言用完餐後就坐在自己的辦公桌上，趁著等等要去開刀房之前多自拍幾張照片，但不管怎麼拍他就是覺得不滿意。
「旻言醫師，你在自拍啊？」曾宇凡看到他的行為，打趣的說。
「嗯，想問一下嘉妮我這樣的新造型她喜不喜歡。」可拍了這麼多張照片他都沒有滿意的一張。
曾宇凡眨眨眼睛，「我挺好奇的，你們現在是什麼關係啊？」
「……朋友。」他聲音變低。
沒錯，至今他們依舊只是朋友！
他想往前，歐嘉妮這女人偏偏就往後退，兩個人像是同性磁鐵一樣，怎麼樣也都無法吸引住。
他都表明說喜歡她了啊！
自從那天，歐嘉妮還是偶爾會傳簡訊給他，但對於那天的事情她完全隻字不提，假裝沒有那件赤裸裸的告白，假裝那天沒有發生那樣子的事情，蕭旻言雖然很想問，但卻又怕把她給嚇跑。
如果就此斷了聯絡，那他該怎麼把她給找回？
「你看起來真的很喜歡她欸……」

「妳看起來也真的很喜歡霍梓晨啊！」他挑眉。

「啊？」

「算了，就隨便一張照片好了！這麼認真在挑選照片對方也不會知道，反正我隨便怎麼拍都好看，隨便哪個角度都帥氣。」說著，他手指點了點，將自己的照片傳送出去，最後將手機收進口袋中。

將身上的白袍脫下，露出裡頭的手術服，他準備要去開刀房裡了。

看著蕭旻言那匆匆離去的背影，曾宇凡怎麼覺得有些好笑？

不管幾歲都會為愛情這件事情而煩惱著，學生時期因為不知道喜歡的人喜不喜歡自己而煩惱，出社會時期因為喜歡的人無法回應自己而煩惱。

而且更加有趣的事情是，就連平常自信滿滿的蕭旻言也會因為戀愛而煩惱。

相較之下，曾宇凡覺得自己實在無比幸運了。

看著蕭旻言傳來的照片，歐嘉妮呆愣了好一陣子才回過神，萬萬沒有想到蕭旻言會因為母親的一句話就將自己的褐色頭髮染回黑色，他這樣子的行為表示對方真的很看重自己，很看重自己的家人。

但蕭旻言人實在太閃耀了，閃耀到若她要站在他身邊，肯定會自卑的，現在的她光是想像就有點自卑了，若真站在他身邊呢？

「就算妳否定了妳自己，但妳有沒有聽過別人對妳的看法？」

腦中浮現的聲音讓她眼前的焦距慢慢的拉回。

那一瞬間，她以為站在自己面前的人是此刻心中所想的他，但並不是，只是一個陌生的男人站在前方而已。

那名陌生男人朝著某處揮著手，不久，一位女人朝那男人的方向小跑步過來，拉拉他的手，兩人十指交扣緊緊握住。

有時候在路上歐嘉妮會看見一些恩愛的情侶，在起初與前男友交往之時，兩人也會有這樣的甜蜜互動，但不知道從什麼時候開始，就連牽手也懶了，在寬寬的道路上兩人變成一前一後的行走，愛情在不知不覺中變了質，當她意識到這一切而想要做出改變的時候，就聽到他劈腿的消息了。

歐嘉妮害怕再次遇到這樣子的愛情，所以她遲遲都不敢再次為人開啟心房，可如今她因為蕭旻言而悄然心動了，卻膽怯的不敢靠近他。

但不靠近他，不自覺的又會開始在想他，如此的矛盾她也不曉得該怎麼辦才好。

她也覺得好煩。

那張照片，她最後已讀不回了。

第十一章

歐嘉妮的已讀不回可是讓某人宛如晴天霹靂一樣。

「為什麼她不回我訊息……」蕭旻言哭喪著臉坐在辦公室，臉垂靠在辦公桌上，一副欲哭無淚的樣子，對著某位研究護士碎唸著：「為什麼她不回我訊息？為什麼她不回我訊息？為什麼她不回我訊息？為什麼為什麼為什麼？」

「蕭醫師，誰不回你訊息啊？」那位研究護士一臉納悶地看著她，站在不遠處的曾宇凡搖搖頭，一臉他沒有救的表情，想轉身離開卻被蕭旻言給叫住。

「宇凡，妳說說！我到底是哪裡做錯了？為什麼她不回我訊息啊？」他的表情簡直快要崩潰了。

「我……這個……呃，可能……對方在忙吧！哈哈……」曾宇凡很想趕快回到位置上，自從她開始給蕭旻言一些建議後，蕭旻言就完全把她當作是感情救星一樣巴著不放，只要與歐嘉妮之間怎麼了他就會告訴她，從大事情到小事情，就連芝麻般的小事也告訴她，這讓曾宇凡有點後悔一開始幹麼要幫他，高智商的人談起戀愛都會變成智障白癡啊？

就跟霍某人一樣，智商高情商低，當醫師的人都這樣嗎？

「可是她已經三個小時沒有回了……」想到這，他用力的闔起手機。

而且搞什麼啊？為什麼是他追著她跑？他到底要追她追到什麼時候？鼎鼎大名的蕭大帥哥為什麼要因為這女人而心情受到影響啊？他可是曾經得過醫院選美比賽第一名的欸！

他咬著下唇，下一秒眼神一變，便對著一旁的研究護士說：「小涵，沒事做我們去約會好了。」說完還刻意眨了眼睛。

曾宇凡愣住，在旁的研究護士小涵也傻眼，她僵笑的說：「蕭醫師，你在開玩笑吧？哈哈……」

「我可是很認真的。」他凝重的表情。

曾宇凡白眼一撇，拿起手機直接說：「嘉妮，旻言醫師剛剛說要找別的女生約會欸！這樣的男人妳是不是應該要考慮一下，明明就在追妳，卻還是——」話都還沒有說話手機就被蕭旻言給搶走了，他對著手機另外一頭說：「我沒有哦！嘉妮，妳不要聽宇凡亂講，我——」

完全沒有聽到另外一頭的聲音，蕭旻言低頭一看，才發現手機根本就沒有撥出去，對上曾宇凡那雙充滿笑意的雙眼，蕭旻言無言以對。

「哈哈哈哈……」曾宇凡將自己的手機給搶回，「太好笑了，剛剛真該錄影。」

「……」蕭旻言眼神死。

「不鬧你就是了嘛！哈哈，可是你竟然要找小涵約會，就不怕嘉妮知道嗎？」

「反正她又不是我的女朋友，知道了又不能怎樣啊……」他聳肩，回到自己的辦公座位坐好，拿著滑鼠點了點螢幕上方的病患資料。

「要追人啊！就要有誠意一點，別拈花惹草。」

「我很有誠意，而且我從來沒有拈花惹草。」他一臉不悅。

「那剛剛還說要找小涵約會，在賭氣啊？」

「嗯，賭氣，而且約會的畫面最好讓歐嘉妮看到。」他就是要氣死歐嘉妮，是說如果歐嘉妮看到他跟別的女人在一起還沒有什麼反應那他該怎麼辦？豈不是自找難堪？

「還好還好，我剛剛還在想說要怎麼拒絕你呢！」小涵鬆了一口氣，拍拍自己的胸口。

「……旻言醫師，我勸你別開這種玩笑。」曾宇凡真心建議。

當事人非常幼稚的吐了舌頭。

而蕭旻言與歐嘉妮之間的訊息就一直停留在那張照片中，蕭旻言賭氣不想傳訊息，歐嘉妮則是一直陷入在自己的思緒中，直到過幾天騎機車在恍神的時候，被人從身後給撞了上去。

突來的力道讓她措手不及，連人帶車的翻倒在地上，當下膝蓋與小腿的疼痛讓她不禁流下淚水，她緊咬著牙被送上救護車，而最近的醫院就是她之前工作的地方。

在急診處歐嘉妮一個人孤單坐在輪椅上，她不敢讓家人知道，身邊也沒什麼好朋友，反而是在急診處輪班的外科醫師一看到她的臉，「咦？妳不是那個……部主任的助理嗎？」

「林醫師，好久不見。」歐嘉妮虛弱的朝著林醫師微笑，這位林醫師是她還在這邊就職時執行實驗的計畫主持人之一，一起開會了好幾次，林醫師對她的印象不淺。

「家屬沒有一起來嗎？」

歐嘉妮搖搖頭，「他們有事。」

「這樣啊……」林醫師囑咐身邊的護理師推著她坐著的輪椅，將她推到了一個辦公桌旁，辦公桌上有著電腦螢幕，此時螢幕上面顯示著剛剛歐嘉妮照的X光片。

林醫師專業的用滑鼠放大縮小，拉到某處又放大觀看，「還好，沒有傷到骨頭。」他說。

「好，謝謝您……」

「有哪裡覺得很痛的嗎？」

「膝蓋跟小腿。」那裡的疼痛讓她的聲音虛弱，她現在就想好好地躺在床上休息不想移動。

一旁的護理師替她拉上褲子，露出膝蓋處的傷口，林醫師仔細觀看，「稍微嚴重的擦傷，等等擦完藥打支破傷風，回去靜養幾天就會好了。」

護理師將她上完了藥也打了針，好心的替她將藥膏放進包包裡，又囑咐的一聲：「歐小姐，勸妳找家屬或是朋友來接妳，妳這樣一個人不方便回家的。」

歐嘉妮點點頭，表示知道了。

手緊握著手機，現在這種時刻還真的不知道要聯絡誰才好，昔日同事都在這間醫院內，每個人都在忙碌，她誰也不敢打擾。

腦中閃過了那些昔日同事的臉孔，當想到某個人的面孔時，她的目光波動，垂下眼，嘆息著。

最後的最後，她找了黃博士。

不找曾宇凡的其中一個原因是，她百分之百一定會告知蕭旻言的，歐嘉妮就是不想讓蕭旻言知道她人正在急診處，這麼狼狽不堪的疲憊樣根本就不想被他給看見。

她也沒有找羅少菲，外科的秘書辦公室這麼近，哪怕消息不小心就這樣傳了出去。

而會選擇黃博士，僅僅是因為她好像不知道她跟蕭旻言之間的事情，加上她算是昔日的小主管，對她也是照顧有加，雖然找了她又欠她一份人情，日後找個時間請她吃飯道謝便是。

「嘉妮。」黃博士看到急診處的她，小跑步的過來，「妳沒事吧？怎麼會出車禍？」

「我被撞。」她簡潔的回答。

「傷口都處理好了嗎？」

歐嘉妮點點頭。

「需要我開車送妳回家嗎？」

「對，不好意思，這麼久沒有聯絡一聯絡就麻煩妳，我想不到還有誰可以幫我了……」歐嘉妮充滿著內疚。

「別這麼說，正巧我手上的計畫案已經趕完，剛剛正在小吃部那邊悠閒地喝著咖啡呢！」黃博士對她微微一笑，走到她身後輕輕推著輪椅。

老天爺有時候就是這麼的奇怪，不想見的人在此刻卻偏偏出現在不遠的前方，蕭旻言從容不迫地走進急診處裡頭，這天他穿了一件灰藍色的襯衫，搭上黑色長褲，完全襯托出他高挑的身材與長腿，加上那頭黑色秀髮，零死角的帥氣魅力散發著，身邊經過的女性不免多看他幾眼，他這樣子的帥氣外表最能吸引的就是二十幾歲的年輕妹妹。

蕭旻言滿意的點點頭，心中想著等等要怎麼拒絕那些年經妹妹的搭訕，實在好困擾哦！自從染了黑髮，搭訕機率大大提升，就說他染黑髮顏值會破表了嘛！還好他還不是主治醫師，不能門診肯定擠爆，網路預約的名額呈現滿額，現場預約肯定也是滿額。

他正在對著急診護理師開口說話時，歐嘉妮眼尖的發現他的存在，在那一瞬間，她趕緊低下頭，甚至想用長髮遮住她的臉孔，為的就是不想讓他發現。

可是，好死不死的黃博士叫住了蕭旻言，「蕭醫師。」

蕭旻言抬起頭正要對她打招呼的時候，他看到了輪椅上的歐嘉妮，同時間看到她膝蓋處上的包紮，臉色頓時間變了，剛剛是宛若春風般的溫暖，現在則是寒冬般的冷冽。

「黃博士。」他扯了扯笑容，皮笑肉不笑的說。

歐嘉妮怯怯的抬起頭，對上的是蕭旻言那非常生氣的表情，一瞬間，她的心臟縮了一下，撇過頭不敢凝視他。

「嘉妮怎麼了？」這聲音沉得可怕，每一個字都充滿了力量，沉重的往歐嘉妮的身上打，讓歐嘉妮全身的神經都不禁緊繃起。

她很明顯的感受到蕭旻言人現在正在生氣，怒火的溫度正朝著她的方向燃燒。

「小車禍。」黃博士沒有察覺蕭旻言的變化，朝著他點了頭，「我正要開車送她回家。」

「嗯，好。」蕭旻言說，臉上還是維持著笑容，但聲音卻沒有任何的溫度。

當蕭旻言從她身邊漠然走過時，歐嘉妮感受到自己的心臟處又疼了一下，好像被針給用力的刺進，她忍不住轉頭看向蕭旻言，只見蕭旻言背對著她，而後越走越遠。

那一瞬間，歐嘉妮好像有個錯覺，是不是他這次走了就永遠不會理她了？

「等，等等，黃博可以先停下嗎？」她著急的表情讓黃博士將輪椅停下，正要開口問她什麼事的時候，歐嘉妮朝著蕭旻言的方向叫著：「蕭醫師！」

只見蕭旻言的身影停頓了一下，他緩緩的轉過身凝視歐嘉妮，表情依舊冷冽的讓人不敢靠近，「什麼事？」

無形中有個巴掌狠狠地往歐嘉妮的臉上掃過，對方毫無溫度的神情讓她忍不住打了個哆嗦，蕭旻言冷眼地凝視著她三秒鐘，見她沒有說話，他頭也不回的就這樣離開。

一瞬間全世界好像只剩他們兩人一樣，落葉無情的撒落在他們兩人的身上，而他直直地朝著前方走，再也不回頭……

當回過神後，歐嘉妮人已經在黃博士的車上了，黃博士提醒著她一些傷口要注意的事情，但這些急診護理師早就已經提醒過她了，歐嘉妮左耳進右耳出的聽著，腦中的畫面是剛剛蕭旻言離去的背影。咬著牙，一股酸意湧上鼻頭，頓時之間她好想哭泣，在這片刻，她非常確定了自己的心意。

她喜歡他。

因為喜歡，所以在見到那冷漠的神情時她覺得難過，因為喜歡，所以見到那再也不理人的背影時，她難受的想哭。

歐嘉妮回到家中，母親並沒有發現她的異狀，她將自己關在房間裡，默默的流下那忍耐許久的淚水，眼淚先是一點一滴地流下，最後像個壞掉的水龍頭，怎麼樣也制止不了自己的淚水。

而蕭旻言，面無表情地從急診室回到辦公桌坐好，眉頭深鎖，想著歐嘉妮這女人。

這女人是不是壓根兒就沒有把他蕭旻言放在眼裡？已讀不回，刻意不見面，好樣的，種種的跡象顯示著她在躲他。

不悅的神情表現出來，他用力搔了搔頭，沉重吐了口氣。

分機的電話不斷的響著，他裝作沒聽見的，雙手盤在胸前生悶氣。與其說他在氣歐嘉妮，不如說是在氣自己的傻，現在都什麼年代了，還搞什麼默默守護這種老掉牙的八點檔劇情，對方對自己沒意思就是沒意思了，即便他再怎麼展露出自己的真心，對方也依舊把他當作是普通朋友來看待而已，若繼續再深入，只會讓對方覺得反感。

罷了，真的罷了……

「旻言醫師……」曾宇凡打開住院醫師的辦公室門，頭探了進來，「你明明在座位上啊！怎麼不接電話呢？」

「不想接。」他這樣說。

曾宇凡眨眨眼睛，心想著這人又發生什麼事情了？

「部主任直接打電話來要你現在去開刀房報到。」

赫然瞪大眼睛，他趕緊從座位上跳起，跌跌撞撞地跑出去。

看著那匆忙的背影，曾宇凡想著果然只有部主任能夠壓制他。

一個星期過後，歐嘉妮傷勢已好，她提著一個小禮盒走進醫院裡，往研究室的方向走去，打算將這禮盒送給黃博士，以謝謝她上次的幫忙。

送完禮後，她往外科辦公室走去，按了門鈴，曾宇凡很驚訝她人怎麼會突然來。

歐嘉妮微微一笑，「想說來看看大家。」她的目光不自覺地往住院醫師辦公室方向飄去，表情有點猶豫。

「想找旻言醫師是不是？」曾宇凡猜中了她的心思。

歐嘉妮點頭，「蕭醫師他在嗎？」

「他現在人應該在開會，晚些時候應該會回來一趟，妳要不要去會議室坐一下？」

「……好。」

外科部的會議室位在秘書室隔壁的一個開放空間，那裡有一張桌子跟四張椅子，偶爾的時候部主任會在這邊跟合作廠商或是其他醫師討論事情。

歐嘉妮坐在其中一個座位上等待，雙手微微握緊拳頭，時間一分一秒過去，她越來越覺得緊張，好不容易下定決心了，若她真的再逃避一次，還會有第二次的機會嗎？

曾宇凡在她等待半小時的時候遞上一杯溫開水給她，當曾宇凡要轉身離去的時候，歐嘉妮叫住她。

「嗯？」

「宇凡，妳覺得……我這個人怎麼樣啊？」

「啊？」曾宇凡歪頭，腦中聯想到蕭旻言這個自戀狂時常很自傲的問她這句話，歐嘉妮該不會被他給傳染到了吧？那還真是我的天啊……

「我對於自己一直是個很沒自信的人，任何人站在我旁邊，我都是襯托的影子，陪襯的綠葉。」

「嘉妮，妳怎麼會這樣想啊？妳人很好的。」

「好？但我不知道我好在哪？」

在小的時候母親就偏愛疼哥哥，哥哥過世後母親對她也是愛理不理，要她趕緊找個有錢人嫁了，與前男友分手後還責怪於她的愚笨，從以前就處在重男輕女的家庭，造就了歐嘉妮的自卑，這自卑感在遇到閃閃發光的蕭旻言後，變得更加的嚴重。

「至少妳有一顆善良的心，懂得為人設身處地，妳也很努力，很腳踏實地的生活啊！唯一的缺點就是……妳好像習慣用妳的冷豔為自己建築起一道高牆，讓一些想要認識妳、了解妳的人無法靠近。」

「嗯……」

至今為止走進她心裡的人最後還是離了開，讓她再也沒有勇氣讓任何人再度進來。

而蕭旻言，真的是個例外，難以言語的例外。

約莫又過了半小時，蕭旻言總算出現，他垂著一張臉，好像剛剛遇到了什麼倒楣事情一樣，但也不是什麼倒楣的事情，就只是統一發票差一碼就中一千元，他有點惋惜，在經過會議室的時候他下意識的望過去，當見到歐嘉妮的時候他微微驚訝，下一秒鐘收起驚訝的表情，神色自若的往辦公室走進去。

曾宇凡跟在他的屁股後面，「蕭大醫師，你沒看到嘉妮在外面嗎？」

「我有看到啊。」他冷淡的說，拿起剛剛那張發票又不死心的對了一次。

「你有看到怎麼不上前跟她說話？」

「反正她又不是來找我的。」他語氣依舊冷淡。

這人又再鬧什麼脾氣？

「她是來找你的。」曾宇凡說。

「怎麼可能。」

「我沒必要騙你吧？」

「誰知道妳又想搞什麼花樣了，想當媒人為我牽紅線的話就牽個乖巧柔順而且好搞的女人好嗎？」

言下之意是歐嘉妮一點都不乖巧柔順而且很難搞？

曾宇凡蹙眉，再度說了一次，「歐嘉妮真的是來見你的，你去跟她說說話吧，她好像有話要對你說。」

「但我無話對她說。」他冷漠的說，頭也不抬。

一個星期前，他要自己對她死心了，這女人沒什麼好留戀的，人生中本來就會遇到許許多多的過客了，這女人只是其中一個人。

曾宇凡倚在門口邊，發現歐嘉妮人就站在她身邊，她挑眉，再度問：「你真的沒有要跟她說話？人家在外面等你等了一個多小時欸！」

「才一個多小時而已。」那怎麼不說說他？他等她等多久了？

曾宇凡無語，試探性地說：「那我請她離開了哦？」

「她要不要離開跟我說做什麼？」蕭旻言依舊冷漠，她的事早就與他無關了。

歐嘉妮的表情有點難看，她朝著辦公室裡面走進去，直接站在蕭旻言的座位面前，「蕭醫師，我有話要跟你說，可以給我十分鐘的時間嗎？」

蕭旻言愣住，抬眼看著她，抿了一下唇，聲音冷淡地說：「我只給妳五分鐘的時間。」說完，他從座位上站起身，微微擦過她的衣服往門口走了出去，歐嘉妮跟在他身後，在經過曾宇凡身邊的時候她望見了曾宇凡臉上那擔憂的表情，她小聲的朝她說聲別擔心。

蕭旻言離開外科辦公室走到電梯附近沒有旁人在的地方，雙手盤在胸前，「妳要跟我說什麼？」

「蕭醫師，我……」

又是這聲礙耳的蕭、醫、師！

一聽到這句蕭醫師蕭旻言就有氣，他滿臉不耐煩地瞪著眼前這女人，在遇到歐嘉妮面前他自以為自己情緒控管非常的好，可是自從遇到了她，他怎麼就覺得自己的ＥＱ像溜滑梯一樣的直直滑落。

「歐小姐。」他這樣叫她。

這聲陌生的歐小姐聽在歐嘉妮的耳裡她有點不適應的愣住，他會這樣陌生的叫她，是不是表示他真的打算從此不再理她了？

「妳曾經說我是個好人，可是我不想再當好人了。」

「啊？」歐嘉妮納悶。

蕭旻言看著她，深深嘆息著，「妳是不是覺得我是個很煩的人？」

歐嘉妮凝視他，一時之間不曉得為什麼他會這麼說。

「我也不知道自己哪根筋不對，妳越冷漠，我越是想要挑戰，妳的心門關得越緊，我越是想要進去裡頭看看，妳說說，這樣子的我是不是很煩？」

歐嘉妮啞然。

「……可是，我究竟要等多久？」

蕭旻言的聲音變得沙啞，歐嘉妮愣愣地看著他，眼前這男人的身影讓她感覺此刻他好像個遊魂一樣，無時無刻都會消失。

在喜歡她的道路上漂泊等待著，最後漸漸迷失了方向。

這男人平時自信滿滿，幽默風趣，好像天塌下來他都不會怕似的，如今他的身段卻放下，只因為站在面前的她是他喜歡的人、是他想要擁有的人。

「不用等了。」歐嘉妮打破沉默，「我今天就是要來告訴你這件事情，我——」

「不用等了嗎？」蕭旻言的目光望向遠處，發出來的聲音虛弱到不行，昔日有的自信全然消逝。是不是任何一個人，就連古代的帝王也一樣，在面對自己的愛妃，所有的尊嚴與霸氣都擱放在一旁？不用等了，這樣也好，他就不用再掙扎什麼了。

「對，你不用等了，因為我喜歡上你了。」歐嘉妮說。

空氣頓時之間停止流動，三秒鐘過後蕭旻言赫然抬頭，眼睛瞪大嘴巴也張大，「……什麼？」

「我說……」歐嘉妮摀住自己的臉，她感受到自己的臉頰熱到快炸開，潮紅襲捲而來，看到蕭旻言的驚訝表情，她低下頭不敢直視。

「妳說妳不喜歡我啊……」蕭旻言垂喪著臉。

歐嘉妮趕緊說：「不是，我說我喜歡你，不是不喜歡！」說完又立刻摀住自己的臉，真是丟臉死了，跟前男友在一起的時候她也沒有這樣告白過。

蕭旻言拿出手機，按了螢幕，重新播放，「歐嘉妮，我可是有錄音為證，妳別想耍賴啊！」

歐嘉妮無語以對，怎麼這人連在這種時刻也要如此的令人無言？

「我就說嘛！我長得如此帥氣英俊瀟灑顏如宋玉貌比潘安的，妳怎麼可能不會喜歡我？」他又補充，「噢，現在多個韓國歐巴這個暱稱。」說完摸摸自己的秀髮，朝著歐嘉妮微笑。

歐嘉妮先是無言了幾秒鐘，然後情不自禁笑了出來。

「歐嘉妮小姐，妳今天特地來找我就是來告白的？」蕭旻言挑眉。

「我……」

「可是，我覺得妳的告白誠意有點不足，妳是不是又得多說些什麼話讓我聽聽？」

歐嘉妮愣了愣，最後微笑的對著他說：「旻言，我想跟你談場永不分離的戀愛。」

蕭旻言凝視著她，嘴角緩緩勾起笑容，一個帥氣微笑浮現，「這句話，我喜歡。」

兩人凝視微笑。

「車禍受的傷，都好了？」

「嗯，只是擦傷而已，沒有傷到骨頭。」
「嗯。」蕭旻言鼓起腮幫子，看起來有點不悅。
「怎麼了？」
「生悶氣啊！妳明明被送到急診處卻不找我幫忙，顯得我是不是能力弱而無法幫上妳……」
「不是的，是我不想被你看到我落魄的模樣……」歐嘉妮低下頭。
該怎麼說？任誰都不想在心儀對象面前展露自己的脆弱吧？
「妳看起來挺精明反應也挺快的，怎麼會出車禍？」
「因為當下在恍神……」因為在想著你這個人。
想當然爾歐嘉妮當然不會說出口，免得又惹來蕭某人的自豪自傲自負自戀。
不過與蕭旻言交往有個點歐嘉妮有點無法適應，就是蕭旻言這個人每天都會發張自己的自拍照，然後問對方今天他帥不帥？好不好看？俊不俊俏？會不會不小心又惹來別的女人的搭訕？她會不會吃醋忌妒？
這樣的自戀程度讓歐嘉妮實在有點無言，她雖是沒有厭惡，但卻百般無奈。
「嘉妮，叫一聲歐巴讓我聽聽。」
好吧，她收回她的想法，她有點厭惡了，這人簡直有病沒藥醫。

如果真的乖乖聽話叫了他一聲歐巴，這男人可能會爽翻天，要是開心到動手術的時候拿錯刀或是切錯地方那怎麼辦？

「蕭醫師，請專心於工作上面。」她這樣回話。

歐嘉妮最近找到了一份新的工作，是在某間咖啡店裡面當店員，工作內容包含了泡咖啡、手沖飲料、準備餐點，雖是忙碌，但她卻很喜歡她這份工作。

漸漸的，她臉上的笑容也越來越多。

她本身就是個漂亮的女孩子，平常冷豔就會吸引搭訕的人前來，現在搭上她臉上的笑容，工作一天下來最少會有兩位客人都她要電話。

歐嘉妮並不懊惱這些事情，反正只要置之不理即可，可是一方面她也很敬佩那些前來搭訕的人的勇氣，是有多大的勇氣才能向一個陌生人開口要電話？

仔細想想，過往她那冷漠的拒絕是不是太沒有人情了？

「嘉妮，今天有個護理師妹妹拿著她做的便當要給我吃欸。」下班時刻，歐嘉妮又收到來自於蕭旻言的訊息。

歐嘉妮無言幾秒，把剛剛那些想法收回，如果不是單身，面對那些前來搭訕的人本來就要快狠準的拒絕，讓對方死心，也讓自己的另外一半放心。

正巧她最近在咖啡店學到了新的料理，可以拿來讓蕭旻言吃吃。

「想吃便當，明天做給你吃。」她不是在打發他，而是真的想做些料理給他吃。

「好，我期待。」後面蕭旻言還給了她一個笑臉。

人生中到底會不會有永不分離的戀愛？

歐嘉妮與蕭旻言並不曉得，他們只知道一件事情，就是每一分每一秒都好好珍惜著眼前的這個人。

番外篇

在過年前，許多公司都會舉辦尾牙，以感謝大家這一年來的努力，也期許在新的一年能夠帶給公司更好的業績。醫院也不例外的會舉辦尾牙活動來慶祝，但由於醫院人數眾多，所以都是以『科』為單位的在舉行，會邀請科內的所有醫師、護理師、專科護理師、研究人員、合作廠商等等的人前來參與。

今年外科部有許多醫師發表文獻且拿到不錯的成績，讓宋部主任心情大好，開放大家可以攜伴參加。

蕭旻言在一得知外科部尾牙日期的時候就告知歐嘉妮，希望她可以跟他一起前來參加，但歐嘉妮一開始並沒有馬上答應，只說可以考慮看看便再也沒有下文。

他們交往的低調，外科部知情的人數很少，只有曾宇凡、霍梓晨與羅少菲幾人而已，而歐嘉妮雖然離職，仍然與實驗室的前同事們有聯絡，可是她也沒有特意對他們提起這件事情。

蕭旻言本人也是抱持低調，他才不想像霍梓晨那樣子，將自己女友的照片放在電腦桌面上，每次晨會由他報告的時候都會閃瞎大家，惹來眾人的敵意。

但講真的，他好想帶歐嘉妮來尾牙讓大家看看，不是炫耀的心態，就只是因為身邊的蒼蠅實在太多，他覺得好煩，一個拒絕沒有多久又來下一個，他得讓大家知道他這位男神早就已經死會了。

偏偏他玩鬧不正經的個性，就算他說自己有女朋友，可是相信的人不多，他只能摸摸鼻子，而現在有了尾牙這活動，好不容易終於有場合可以讓大家看看自己的女朋友了！

「抱歉，我那天還是無法抽身，店長說周末客人多，需要人手幫忙。」歐嘉妮給了蕭旻言這答覆，他聽了鬱悶到極點。

感受到蕭旻言的沉默，歐嘉妮說：「要不，我跟店長請一個小時的假好嗎？可是一個小時後我就得馬上回去店裡。」

「好，就一個小時。」他說。

「嗯，我答應你。」

尾牙這天，大家嘻笑的吃飯聊天，平常工作的時候神經太緊繃，壓力太大，參加尾牙好不容易可以解放壓力了，彼此吃飯喝酒以外，主持人還貼心地替大家準備一些互動遊戲讓大家玩。

蕭旻言跟幾位住院醫師被拱上去玩遊戲，遊戲方式是站在醫師身後的護理師被蒙上眼罩，手抓著食物往醫師們的嘴裡塞，但由於眼睛被蒙住無法看見，她們不知道醫師嘴巴的位置，有的人小心翼翼地塞食物，有的人求快不停地塞食物。

遊戲所使用的食物是一塊一塊的小蛋糕，小蛋糕內餡夾滿鮮奶油，就算小心翼翼的塞蛋糕，醫師的臉還是被奶油沾得到處都是。

與蕭旻言配合的護理師是一位年輕妹妹，年紀才二十四歲上下，她很緊張的不斷問著：「旻言醫師，我應該沒有弄痛你吧？」

鼻子已經沾滿鮮奶油的蕭旻言眼神死的說：「沒有，妳蛋糕再拿下面一點。」

護理師蛋糕緩慢往下移動，蕭旻言直接大口將那塊蛋糕給吃下去。

心中不停地抱怨，到底是誰發明這種爛遊戲！他這張俊俏的臉通通都沾上奶油成何體統啊？能看嗎？他還有沒有形象啊？真是的……

倒數時間結束，被規定不能動的雙手終於能動了，蕭旻言第一件事情就是將嘴附近的奶油給抹掉，後面的護理師將眼罩拿開，看到他的臉，不禁笑起。

「抱歉抱歉，哈哈哈……旻言醫師你好好笑，我來幫你擦吧！」

遊戲參與者紛紛下台，只留下一位遊戲贏家，這位護理師走到蕭旻言的那桌，拿起自己帶的濕紙巾想替他擦拭。

正巧這時候歐嘉妮進場了，剛剛撥打電話給蕭旻言他都沒有接，她便打給了曾宇凡，曾宇凡一接到電話就馬上將她接進場。

好死不死的看到護理師正替他擦臉，這畫面讓她不禁愣了一下。

「他們剛剛在玩遊戲啦！」曾宇凡解釋，只見歐嘉妮淡淡的回應一聲，便走到蕭旻言身邊的空位坐下。

蕭旻言意識到身邊的空位有人坐下，也不抬眸，直接說：「不好意思這座位有人。」

歐嘉妮停止動作，蹙眉看著他，他的身子微微向一邊傾身，將臉湊近給護理師擦拭，沒有發現來人是她。

「……」歐嘉妮坐也不是，走也不是，就這樣站在那裡不動。

「好了，我幫你擦乾淨了。」護理師笑笑地說，手還擦到頸子去了，一旁的歐嘉妮看著她的笑容，有點不悅。

「旻言醫師，不是說今天會帶女友來的嗎？會不會其實你根本沒有女友？只是想要唬弄大家？」她說。

「我這麼帥怎麼可能沒有女友。」他講出這麼自負的話一點都不會覺得臉紅。

但歐嘉妮倒是習慣他這樣了。

「要不，這位置讓我坐一下，但我如果坐上去的話能不能變你女友啊？」護理師直接投直球，這讓歐嘉妮無言了。

「我真的有女朋友，等等她來妳就會相信了。」

「看來你除了我，還有別的女朋友啊？」歐嘉妮冷言出聲，此刻蕭旻言才知道她人早就來了，對上眼的當下他啞口無言。

她又說：「這位置有人，所以不給我坐？」說完挑眉。

「啊……不是，這本來就是要給妳坐的，我剛以為是別人，我以為不是妳，我以為……」一直很有自信的蕭旻言在面對歐嘉妮的時候竟然慌亂了，他拉了拉她的手讓她坐下，想解釋剛剛的事情又不知道怎麼解釋，慌亂的他手忙腳亂的。

護理師自討沒趣的離開，歐嘉妮又補上一句話：「被年輕貌美的護理師妹妹擦臉，有什麼心得嗎？」

「……我剛剛臉上沾得都是奶油，又沒帶鏡子，就……」說到這，突然意識到什麼，蕭旻言說：「妳在吃醋啊？」

歐嘉妮愣住。

有那麼短短一秒鐘，蕭旻言在她的眼中捕捉到了失措，他感到開心，便一手輕搭她的肩膀，向同桌那早就投以好奇目光的醫師們說：「我沒有騙大家，她就是我的女朋友，她叫嘉妮。」

歐嘉妮淡淡笑著，以示禮貌。

大家又開始吃東西，她從自己的包包中拿出濕紙巾，在蕭旻言正在咀嚼食物的時候擦向他的嘴，淡淡的語氣說：「剛剛那位妹妹沒有替你擦乾淨，我再替你擦一次。」

可歐嘉妮除了擦上他的臉，連頸子、襯衫領子跟乾淨的手指也都擦過，擦完後她靜靜的將濕紙巾給揉皺，「我不喜歡你被別的女生碰。」

蕭旻言還以為自己聽錯了，「……什麼？妳再說一次。」

「我說，我不喜歡你被別的女生碰，被碰過哪裡我就擦哪裡。」如果這裡有酒精就好了，直接全身消毒乾淨。

「妳在吃醋啊？」蕭旻言得意的很。

歐嘉妮靜靜的看著他，「要不然，我也讓其他的男人碰，要嗎？」

「當然不行啊！」

「那你怎麼能給其他的女生碰？」

「剛剛在玩遊戲嘛……行了，妳別生氣，是我的錯，我以後不給別的女人碰就是了，但以後這種場合妳就得一開始出現了，大家才會知道我這位男神身邊是有人的啊，不然蒼蠅一隻接著一隻來，我都開始懷疑自己是不是大便了。」

他的話讓歐嘉妮不禁笑出來，蕭旻言握握她的小手，「氣消了？」

「我本來就沒生氣。」她說，開始動起筷子，在她還沒來的時候，菜已經上了好幾道，每一道菜蕭旻言都會替她留一些，現在她桌上的盤子滿滿都是菜。

蕭旻言揉起她的每一根手指，這是他最近喜愛的小動作，而歐嘉妮就任意他玩，但有時候會偷捏他的手。

約莫四十分鐘後，歐嘉妮看時間差不多，她該回到店裡了，蕭旻言送她送到餐廳門口，替她叫了計程車。

「等等工作結束跟我說一聲。」他摸摸她的頭。

「嗯，那你別再喝酒了。」她叮嚀。

「我沒有喝很多啊。」

一說完，歐嘉妮湊到他的懷中，在他頸子附近聞了聞，呼吸的氣息輕吐在他的頸子上，搔癢死了。

「都聞到酒味了還說沒有喝很多。」歐嘉妮說。

蕭旻言順勢的將她摟在懷中，「妳早點來不就好了？早點來就可以阻止我喝酒了。」

「我不就來阻止你了？」她輕捶了他的背，靜靜的靠在他的懷中。

直到計程車來，他們兩人才結束擁抱。

在上車前，歐嘉妮對他說：「你回到家也跟我說一聲，我可不要明天知道你在別人家的床上睡醒，是男人還好，是女人的話……」

「哈哈，好啦，我知道，我不會再喝酒了。」他說。

要不是因為交往，他還真不知道歐嘉妮也是會管人的，平常就冷漠的她，說起話來直來直往的，不喜歡他這樣就直接說不喜歡，這管人出自於關心、擔心與在意，而蕭旻言竟然沉浸在這份管束中。

他摸摸下巴，覺得有些開心。

回到餐廳的時候，蕭旻言收到來自歐嘉妮的訊息：「若要杜絕那些蒼蠅，不要穿太帥，你今天太帥了。」

「哈哈哈……」他不禁笑出來，惹來其他同桌的奇異目光。

若是其他人要他不要穿太帥，他根本就懶得理會，但這句話出自於歐嘉妮，他好像真的該考慮考慮了。

他哼起歌聲，心情特好。

（全文完）

後記

嗨，我是小恩，很開心又有新書跟你們見面了。（揮手）

不知道看完這本書後的你們有沒有覺得很開心？常常因為蕭旻言心中那非常無厘頭的小劇場給弄得哭笑不得，在撰寫這個角色的時候我真的邊寫邊笑，心情非常的好，每寫完一小段，就會忍不住的大笑。

大家應該很明顯地在書中有看到一些舊角色出現，是的，這本創作就是那本的姊妹作，在這本新書中，以前的主角紛紛當個神助攻的配角，當初寫完《我與你的緣分，未完待續》那本書後，我就一直覺得蕭旻言這人物很討喜、也很欠揍，不僅太過於自戀，心中的小劇場特別的多，甚至覺得整個地球就是因為他而轉動，他整個人就是個無比好笑的存在，我能夠感受到其他角色在心中應該已經掐死他好幾次了。（大笑）

然而，這個這麼完美的人，不管走到哪兒都成為聚光燈的人，如果遇到對愛情已經心灰意冷的歐嘉妮呢？想必是一熱一冷，一動一靜，蕭旻言如此的喜愛自己，歐嘉妮卻是如此的討厭自己，一個對於自己信心爆表，一個則是缺乏自信，兩者的設定非常的反差。

但是，信心滿滿的蕭旻言還是會有缺乏信心的時候，因為嘉妮的沒自信、因為嘉妮的遠離，種種關於嘉妮的事情擾亂了原本自信爆表的他，只因為他在意她、他喜歡她。

與上一本出版的故事相比，這本故事真的充滿了好多的歡樂，希望將這些歡樂帶給閱讀這本書的你／妳，若心情不好，就拿起這本書來翻閱吧！

小恩

要青春79　PG2556

要有光
FIAT LUX

與你談場永不分離的戀愛

作　　者	倪小恩
責任編輯	喬齊安
圖文排版	黃莉珊
封面設計	劉肇昇

出版策劃	要有光
發 行 人	宋政坤
法律顧問	毛國樑　律師
印製發行	秀威資訊科技股份有限公司 114台北市內湖區瑞光路76巷65號1樓 電話：+886-2-2796-3638　傳真：+886-2-2796-1377 http://www.showwe.com.tw
劃撥帳號	19563868　戶名：秀威資訊科技股份有限公司 讀者服務信箱：service@showwe.com.tw
展售門市	國家書店（松江門市） 104台北市中山區松江路209號1樓 電話：+886-2-2518-0207　傳真：+886-2-2518-0778
網路訂購	秀威網路書店：https://store.showwe.tw 國家網路書店：https://www.govbooks.com.tw
總 經 銷	聯合發行股份有限公司 231新北市新店區寶橋路235巷6弄6號4F 電話：+886-2-2917-8022　傳真：+886-2-2915-6275

出版日期	2021年6月　BOD一版
定　　價	280元

讀者回函卡

Printed in Taiwan

國家圖書館出版品預行編目

與你談場永不分離的戀愛 / 倪小恩著. -- BOD
一版. -- 臺北市 : 要有光出版策劃, 2021.06
面 ;　公分. -- (要青春 ; 79)
BOD版
ISBN 978-986-6992-70-4(平裝)

863.57　　110006522